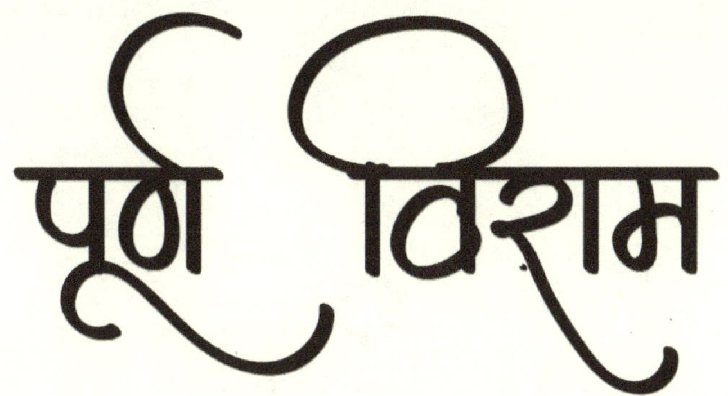

केसरिया उमापति

INDIA • SINGAPORE • MALAYSIA

ISBN 979-8-89133-978-1

अंतर्वस्तु

आभार *7*

अध्याय – 01 राम प्रसाद जी 11

अध्याय – 02 यात्रा 22

अध्याय – 03 चिट्ठी 40

अध्याय – 04 शिउली 54

अध्याय – 05 घर वापसी 89

अध्याय – 06 कलकत्ता 111

अध्याय – 07 प्रेम धुन 123

उपसंहार *155*

1. *मौलिक उपन्यास 'पूर्ण विराम' दो ध्रुवों में बँटा हुआ है। प्रथम, राम प्रसाद जी और शिउली का प्रगाढ़ एवं अटूट प्रेम तथा द्वितीय, राम प्रसाद की पारिवारिक पृष्ठभूमि। कुल मिलाकर 'पूर्ण विराम' उपन्यास की कथावस्तु बिल्कुल समय सापेक्ष एवं यथार्थपरक है। उपन्यास की भाषा शैली सुगम, सुबोध, सरल, एवं सारगर्भित है। लेखक का यह प्रयास अत्यंत प्रशंसनीय है। आशा है यह उपन्यास भविष्य में मील का पत्थर सिद्ध होगा और पाठक वर्ग 'पूर्ण विराम' से समुचित लाभ उठा पायेंगे। यही रचना की सफलता भी होगी!*

– डॉ. चंद्रिका ठाकुर (विभागाध्यक्ष, हिन्दी, राँची विश्वविद्यालय)

2. *श्री केसरिया 'उमापति' की भाषा शैली, कथन, कथानक और विषयवस्तु का चयन बहुत ही दिलचस्प है। बहुत ही रोचक और लालित्यपूर्ण रचना।*

– हीरेंद्र झा (लेखक और पत्रकार)

3. *श्री केसरिया 'उमापति' जी का एक उपन्यासकार के रूप में यह प्रथम प्रयास है किन्तु कहीं से भी यह प्रथम प्रयास जैसा नहीं लगता है। कहानी में बहुत से उतार चढ़ाव हैं और रोचकता जो एक कहानी या उपन्यास का स्वाभाविक और मेरे विचार से सबसे आवश्यक गुण है वह बराबर ही बनी रहती है।*

– अशोक शर्मा (लेखक)

4. *अधेड़ उम्र के मनोभावों को कहती, समझती और गढ़ती एक रोचक कहानी।*

– मोनिता सिन्हा (अभिनेत्री)

5. *बहुत सुंदर कथानक। भाषा शैली बहुत ही सरल और रोचक। शिल्प का गठन और संवाद नपे तुले हैं। कहानी प्रारंभ से पढ़ने में जो उत्साह बनता है मध्य में अपने चरम पर पहुँच जाता है और समाप्त किये बिना पाठक रह नहीं सकता है। 'पूर्ण विराम' आज के समाज को आईना दिखाती हुई, उसमें परिवर्तन की जो गुंजाइश है, उसको व्यक्त करती हुई, एक सार्थक और सशक्त रचना है।*

– नमिता गुप्ता (लेखिका)

6. *पूर्ण विराम हिन्दी साहित्य की एक बेहतरीन कृति है। यदि कहानी का एक पक्ष मनोरंजक है, तो इसका दूसरा पक्ष प्रेम और आत्मीयता की झलक पाने की तलाश में सामाजिक रूप से अकेले पात्रों के संघर्ष को चित्रित करता है।*

– केविन मलिक (बुक ब्लॉगर,
http://www.keveinbooksnreviews.in)

7. *यह दो लोगों की हृदयस्पर्शी कहानी है जिन्हें उनके अपने सगे संबंधियों ने अकेला छोड़ दिया है। जब कोई व्यक्ति एकांतवासी, दूर, टूटा हुआ, अलग – थलग और अकेला होता है तो हमारा समाज उसे कैसे देखता है – उपंन्यास में इसे शानदार ढंग से दर्शाया गया है।*

- ईशा सिंह, (बुक ब्लॉगर,
https://ibooksta.com/)

----****----

नवोदित रचनाकार केसरिया 'उमापति' का लघु उपन्यास 'पूर्ण विराम' अपने आप में एक अनोखी रचना है जिसमें शिउली और राम प्रसाद जी की अतृप्त इच्छाओं को उपन्यासकार ने सधे अंदाज़ में बखूबी वर्णन किया है।

पत्रों के पंख पर सवार मानस प्रेम की अमर बेल जब बढ़ते – बढ़ते उत्कर्ष पर पहुँचती है तो कायिक होकर अपनी पूर्णता को प्राप्त करती है। यही इस कहानी का मूलभाव है।

कहानी को कलात्मक ढंग से प्रस्तुत करने में दृश्य बिंबों के माध्यम से अभिव्यक्ति की रोचकता बढ़ जाती है और यही इसकी आत्मा है।

वातावरण का दृश्य चित्रण बड़ी गहनता से किया गया है जो पाठक को 'पूर्ण विराम' तक बाँधे रखता है।

- डॉ. दिनेश कुमार श्रीवास्तव, पूर्व प्रधानाध्यापक,

जवाहर नवोदय विद्यालय, लातेहार।

----****----

आभार

सर्व प्रथम मेरे जन्मदाता मेरे माँ – पापा का आभार जिनकी तपस्या, त्याग, परिश्रम एवम् प्रेम के कारण मैं इस लायक बन सका हूँ।

उन सभी गुरुओं को धन्यवाद जिन्होंने मुझे यहाँ तक लाने में अपना सहयोग, परिश्रम एवम् समय दिया है।

उन मित्रों को विशेष रूप से आभार जिन्होंने मुझे हर मोड़ पर प्रेरित किया और मदद की। मेरी हर बकवास को धैर्य पूर्वक सुनने के लिए धन्यवाद। ईश्वर उन्हें मुझे झेलने की और शक्ति दे!

मेरी धर्मपत्नी सुजाता का हार्दिक आभार जिसनें मुझे हर परिस्थिति में आगे बढ़ने के लिए प्रोत्साहित किया।

मेरी प्रिय पुत्री अमेया जिसका चेहरा ही मेरे लिए प्रेरणा स्त्रोत है, का आभार!

----****----

मेरे आराध्य उमापति महेश्वर के चरणकमल में समर्पित।

पूर्ण विराम

"तुम होकर भी नहीं हो। तुम नहीं हो, फिर भी हो। मैं हूँ, फिर भी नहीं हूँ। क्योंकि 'तुम' मुझमें हो, मगर 'मैं' तुझमें नहीं हूँ।"

अध्याय – 01

राम प्रसाद जी

राम प्रसाद जी,

कुछ रह गया था मेरे पास

~~आपकी~~

शिउली

राम प्रसाद जी शाम में पार्क में बैठे – बैठे चिट्ठी खोलकर पढ़ रहे थे। एक पंक्ति में चिट्ठी ख़त्म हो गयी थी! शुरू में कोई सम्बोधन नहीं था। बिना कैफ़ियत का। वाक्य भी अधूरा था। अंत में तुम्हारी लिखकर उसे ऐसे काटा गया था जैसे लिखने वाले ने ये सोचा हो कि मैं उसकी क्या हूँ जो तुम्हारी या आपकी लिखूँ? कोई रिश्ता तो था नहीं जो खुद को 'तुम्हारी' अथवा 'आपकी' लिखा जाय।

चिट्ठी के कई आयाम थे। क्या इसे अनजाने में ऐसा लिखा गया था, या फिर जानबूझ कर बिना सम्बोधन, अधूरे वाक्य और भ्रमित शब्द के साथ अंत किया गया था?

प्रसाद जी ने चिट्ठी को माथे से लगाया। एक खुशबू थी जानी – पहचानी सी। सीधे हृदय में जाकर पैठ गई।

उस चिट्ठी के साथ उनका पुराना वाला पैंट भी था जो पिछली यात्रा के दौरान गुम हो गया था।

दो महीने पहले।

सितम्बर, 1998,

"हाँ, बेटा! सब ठीक है? बहू कैसी है और अभि कैसा है?"

"ठीक है सब पापा। इतनी रात को कॉल किया आपने? कुछ बात है क्या?"

"अरे नहीं, बस ऐसे ही..."

"तो फिर ठीक है न, सुबह बात करते हैं ओके।"

"अच्छा, हैप्पी बर्थ..."

टीं...टीं...टीं...

"हेलो, हेलो! हेलो बेटा..."

"अरे प्रसाद जी, कट गया आपका।" बूथ वाले ने कहा।

प्रसाद जी ने धीरे – से फोन रख दिया।

"अरे फिर से लगा लीजिये फोन आप", बूथ वाले ने दोबारा कहा।

"नहीं, नहीं। हो गई बात...", प्रसाद जी ने नज़रें घुमाते हुए कहा।

"इतनी जल्दी? अरे अभी तो एक मिनट भी नहीं हुआ था। बड़ी जल्दी बात ख़त्म हो गई आपकी। और जब बात ख़त्म हो ही गई तो फिर लास्ट में हेलो... हेलो तीन बार क्यों बोला आपने?" बूथ वाले ने पूछा।

"यार तू बोला कम कर। आधे मिनट की बात थी, हो गई। तुझे क्यों इतनी चिंता हो रही है, जो बोल रहा है", प्रसाद जी खीझते हुए शर्ट के ऊपरी जेब से पचास का नोट और कुछ सिक्के उसके काउंटर पर रखते हुए बोले।

बूथ वाला उन्हें देख रहा था चुपचाप।

प्रसाद जी चले गए।

क्रीम रंग की हाफ़ बाजू की चेक शर्ट, जो भूरे रंग की डबल प्लेट और पतली मोहरी वाले पैंट के ऊपर बाहर कंधे से झूलती रहती थी, ब्राउन रंग की बाटा की चमड़े की चप्पल और हाथ में चाबी से चलने वाली स्टील स्ट्रैप की एचएमटी की घड़ी के साथ +2.5 पॉवर का गोल फ्रेम का चश्मा। यही और इतना ही राम प्रसाद जी का पहनावा था जो वे पिछले क़रीब पच्चीस – तीस सालों से पहन रहे थे। साँवला रंग लिये साढ़े पाँच फुट का लगभग 65 किलो का देह, सर पर सफेदी लिए इकसठ पतझड़ झेल चुके बाल, मोटी मूँछ जो होंठ के कोने तक आकर अपना अस्तित्त्व खो देती थी, और गालों पर हल्की ब्लैक एंड व्हाइट दाढ़ी। सीने के कुछ बाल शर्ट के खुले बटन से दुनिया को झाँककर देखते थे। कुल जमा यही उनका रंग रूप था। बूथ से करीब पाँच मिनट की पैदल दूरी पर उनका घर था। तीन कमरे, एक किचन, बाहर आँगन में शौचालय के साथ गुसलखाना। उसके बगल में आम और अमरूद के एक – एक पेड़ और गेंदा, गुड़हल और तुलसी के पौधे। आँगन के एक कोने में बैंगन, टमाटर, मिर्च, भिंडी आदि लगाकर रखा था उन्होंने। किचन गार्डन। खाली समय और किचन से निकले अवशिष्ट का उपयोग और उसपर आर्गेनिक खेती... स्वास्थ्य को धन मानते थे प्रसाद जी। तीन में से एक कमरे

का ही उपयोग होता था। दो कमरे यूँ ही पड़े हुए थे। समझिए कि मेहमानों के लिए या फिर बेटों के लिये था, पर ना कभी कोई मेहमान आया और ना ही बेटे! उनके कमरे में एक पाँच बाई सात का पलंग, एक लकड़ी की कुर्सी, एक लकड़ी का टेबल जिसपर फिलिप्स का रेडियो और कुछ किताबें आदि रखी थी। टेबल से लगकर दो पल्ले वाली खिड़की खुलती थी जहाँ से आम के पत्तों – टहनियों के बीच रोज सूरज निकलता था। दो पल्ले वाले नक्काशी किए दरवाज़े के पीछे खूँटी थी, जिसपर प्रसाद जी का लिबास सुस्ता रहा होता था। पाई – पाई जोड़कर उन्होंने मकान बनाया था। बनाना तो घर चाहते थे, लेकिन बना नहीं पाए। साल भर हो गया था उनके रिटायरमेंट का और पाँच साल बीवी की मौत हुए। तब से अकेले रह रहे थे यहाँ अपने घर में। दो बेटे थे। कर्ज़ लेकर दोनों को पढ़ा – लिखाकर इंजीनियर बनाया। पढ़ने में तेज थे तो प्लेसमेंट हो गया। एक न्यूयार्क और दूसरा ऑस्ट्रेलिया में सेटल था। बीवी के देहांत के समय आये थे दोनों। उसके बाद उनका और उनके परिवार का चेहरा नहीं देखा था प्रसाद जी ने। जब तक नौकरी थी, समय कट जाता था। नौकरी गई, अब नहीं कटता। मन बहलाने के लिए कभी बूथ पर जाकर बैठ जाते तो कभी पार्क में।

शाम के पाँच बजे थे। घर आकर हाथ – मुँह धोया, चार रोटियाँ और भिंडी की सब्ज़ी बनाई और कमरे में लगे बिस्तर पर लेट गए। घड़ी देखा तो सवा सात बजने वाले थे। उठकर रेडियो में विविध भारती लगा दिया। "जयमाला" कार्यक्रम शुरू हो चुका था। बिस्तर पर लेटे – लेटे कुछ सोच रहे थे प्रसाद जी। कब नींद आ गई, पता ही नहीं चला। रात के करीब साढ़े ग्यारह बजे जब नींद खुली तो देखा रेडियो अभी भी चालू था। उन्होंने रेडियो बंद किया, खाना खाया, मुख्य दरवाज़ा बंद

कर बत्तियाँ बुझाई और अपने कमरे में आकर मच्छरदानी लगाकर सो गए।

रोज की तरह सुबह हुई। सुबह का सारा काम कर वे फिर से बूथ पर गए।

दरअसल, वह एक किराने की दुकान थी, जिसमें पप्पू ने एसटीडी बूथ और ट्रैवल एजेंसी भी खोल रखा था। प्रसाद जी की ज़रूरतों को पूरा करने के लिए पप्पू की दुकान एक कम्पलीट पैकेज थी। अकेले थे तो तीर्थ यात्रा पर अक्सर जाना होता था। उसकी व्यवस्था पप्पू की एजेंसी ही करती थी। प्रसाद जी के साथी थे सिन्हा जी। विनोद सिन्हा जो प्रसाद जी के घर से थोड़ी दूर दूसरे मोहल्ले में रहा करते थे। हर शाम को दोनों पप्पू की दुकान पर आया करते थे। दोनों की दोस्ती ट्रैवल एजेंसी के माध्यम से ही हुई थी। अब दोनों एक साथ यात्रा पर जाया करते थे। सिन्हा जी की दो बेटियाँ और एक बेटा थे। सभी का विवाह हो चुका था। पत्नी के साथ ही वे यात्रा पर जाते थे। इस तरह तीन जन यात्रा पर जाते थे।

सुबह के दस बज रहे थे।

"प्रसाद जी, वैष्णोदेवी जाइएगा?" पप्पू ने प्रसाद जी के आते ही पूछा।

"कब?" प्रसाद जी ने बेंच पर रखे दैनिक जागरण को उठाकर चश्मा ठीक करते हुए पूछा।

"इसी महीने, 23 तारीख़ को।"

"सिन्हाजी भी जा रहे हैं", प्रसाद जी ने अख़बार का पन्ना पलटते हुए पूछा?

“नहीं पता, उनसे अभी तक पूछा नहीं है। वे आयेंगे तो पूछ लिया जाएगा... आप अपना बताइए।”

प्रसाद जी ने कोई जवाब नहीं दिया।

तभी सिन्हा जी एक झोला लेकर आते दिखे।

“ए पप्पू, ये सामान का लिस्ट है, जरा निकाल दो...”, सिन्हा जी ने पैंट के जेब से पुर्जा निकालकर काउंटर पर रखते हुए कहा।

“देखिए, बहुत लंबी उमर है आपकी, सिन्हा जी। अभी मैं और प्रसाद जी आपका ही नाम ले रहे थे...”, पप्पू ने कहा।

“क्यों”, सिन्हा जी ने प्रसाद जी के बगल में बैठते हुए पूछा?

“वैष्णोदेवी जाने के लिए... पूछ रहा था पप्पू। जाइएगा?” प्रसाद जी ने अख़बार से चेहरा निकालते हुए पूछा।

“कब का प्लान बन रहा है?”

इसी महीने 23 से, पप्पू ने चीनी तौलते हुए जवाब दिया।

“आप क्या सोच रहे हैं, जाना है कि नहीं?” सिन्हा जी ने प्रसाद जी की तरफ़ मुँह करते हुए सवाल किया।

प्रसाद जी ने अख़बार रख दिया। आसमान की ओर देखते हुए बोले – “पता नहीं। आप चलिएगा तो मैं भी साथ हो जाऊँगा।”

“अरे महाराज, आप मेरे भरोसे हैं और मैं आपके भरोसे।”

प्रसाद जी मुस्कुरा दिये। बोले – “मन तो नहीं था, लेकिन फिर सोचता हूँ, यहाँ रहकर भी करूँगा क्या?”

"ठीक है, तो मेरा भी डन समझिए... बस एक बार गृह मंत्रालय से आदेश पास हो जाय", कहते हुए सिन्हा जी हँसने लगे।

सिन्हा जी पत्नी को गृह और ख़ुद को विदेश मंत्री बताते थे।

प्रसाद जी मुस्कुरा दिये।

मीटिंग ख़त्म। प्रसाद जी अपने घर। सिन्हा जी अपने।

शाम को फिर मीटिंग हुई। प्रसाद जी ने पप्पू से यात्रा के बारे में पूछा।

पप्पू ने बताया – "यहाँ से ट्रेन से दिल्ली और फिर वहाँ से जम्मू। जम्मू से कटरा आप सुबह 9 बजे पहुँच जाएँगे। वहाँ आप दिनभर आराम कीजियेगा और शाम में चढ़ाई शुरू कर दीजियेगा। दूसरे दिन शाम तक आप वापस होटल में आ जाइयेगा। रात भर आराम करने के बाद दूसरे दिन शाम को बस से काँगड़ा देवी, ज्वाला देवी, चिंतापूर्णी माता का दर्शन करते हुए वापस पठानकोट आ जाना है। वहाँ से दिल्ली और फिर अपने घर।"

कितने दिन की यात्रा है, प्रसाद जी ने पूछा?

"सप्ताह भर के अंदर आप घर आ जाइएगा प्रसाद जी", पप्पू ने उन्हें समझाया।

"सिन्हा जी, चलें?" प्रसाद जी ने सिन्हा जी की तरफ ताकते हुए पूछा।

"कल बताता हूँ न", सिन्हा जी ने जवाब दिया।

अगली सुबह सिन्हा जी ने जाने के लिए हामी भर दी।

पप्पू ने टिकट बुक कर दिया। तीन जन का। सिन्हा जी के साथ उनकी धर्मपत्नी और प्रसाद जी।

अगले सप्ताह उनकी ट्रेन थी।

तैयारियाँ शुरू हो गई। प्रसाद जी ने अपनी पुरानी वीआईपी की अटैची निकाली और उसमें इस्त्री किया हुआ कपड़ा सजाकर रखने लगे। पुराना थरमस जिसे कंधे में टाँगा जाता है, को अच्छे से धोया। एक लक्स और एक रिन साबुन को रखा और पैराशूट का नारियल तेल को एक छोटे से डब्बे में डाला। दो – तीन पूरे पाँव वाले मौजे धोकर रखे और एक लाल गमछा जिसका उन्होंने पूजा में उपयोग किया था, रख लिया। अटैची के कोने में एक काले पॉलिथीन में हवाई चप्पल को भी रख लिया।

शाम को प्रसाद जी पप्पू की दुकान से एक किलो मैदा और आधा किलो चीनी लेकर आए हैं। शाम को नमकीन और ठेकुआ जो बनाना है! नमकीन और ठेकुआ बनाते रात के दस बज गए। उसके साथ उन्होंने घर वाला आम का अचार भी अटैची में डाल लिया। सोने से पहले फिर उन्होंने विविध भारती लगा दिया। रात को हल्की बारिश हुई। मौसम सुहाना हो गया। नींद अच्छी आई।

आज शाम को उनकी ट्रेन थी, जो अगले दिन दोपहर तक दिल्ली पहुँचा देती। सुबह – सुबह प्रसाद जी पप्पू की दुकान पर गए। संयोग से सिन्हा जी वहीं मिल गए।

प्रसाद जी ने पूछा – “और सिन्हा जी कब निकलना है घर से? शाम सात बजे ट्रेन है ना?”

"नहीं जा रहे हमलोग।" सिन्हा जी ने निराश भाव से जवाब दिया।

"क्यों, क्या हो गया? अरे चलिए महाराज... कोई दिक्कत नहीं होगी। मैं हूँ ना? पैसा की दिक्कत है? एक काम कीजिए, अभी चलिए, पैसा बाद में दे दीजियेगा। लेकिन चलिए...", प्रसाद जी ने कहा।

"अरे नहीं, प्रसाद जी। बात ऐसी है कि रिश्तेदारी में किसी का डेथ हो गया कल... हम वहीं जा रहे हैं।" सिन्हा जी ने जवाब दिया।

"ओहो... तब तो आप नहीं ही जा पाइयेगा", प्रसाद जी ने कहा।

सिन्हा जी ने कोई जवाब नहीं दिया और पप्पू के पास तौलकर रखा सामान लेकर चले गए।

प्रसाद जी उन्हें देखते रहे।

सिन्हा जी के जाने के बाद प्रसाद जी पप्पू से बोले – "यार पप्पू! ये तो जा नहीं रहे... तो मैं कैसे जाऊँगा? टिकट कैंसिल कर दो यार...।"

पप्पू – "अरे कैसे कैंसिल कर दें प्रसाद जी? ट्रेन खुल चुकी है जहाँ से चलती है। अब कैंसिल नहीं होगा। अरे आप क्यों कैंसिल कर रहे हैं? चले जाइए अकेले... क्या परेशानी है? और वैसे भी माता के दरबार में वही जाता है, जिन्हें माता खुद बुलाती हैं। सिन्हा जी का बुलावा नहीं आया तो वे नहीं जा पा रहे हैं।"

"अकेले कैसे जाऊँगा यार मैं?" प्रसाद जी नर्वस थे।

"अरे नर्वस क्यों हो रहे हैं। कोई बच्चा थोड़ी ना हैं आप? आप इतनी जगह घूम चुके हैं, आपको तो बहुत अनुभव है... कुछ नहीं होगा,

जाइए। कभी – कभी अकेले भी घूमना चाहिए। मजा आएगा, विश्वास कीजिए", पप्पू ने उन्हें समझाया।

प्रसाद जी के पास कोई उपाय ना था। उन्होंने हिसाब लगाया। अगर नहीं जाते तो ज़्यादा नुकसान था।

अध्याय – 02

यात्रा

शाम को अपने साजो सामान के साथ स्टेशन पर पहुँच गए। ट्रेन अपने नियत समय पर आई। वे अपनी सीट पर जाकर बैठ गए। ट्रेन चल पड़ी। झोला से एक चादर और बेडशीट निकाला और बिछा दिया। चाय वाला आया। उन्होंने एक कप चाय लिया और खिड़की पर रख दिया। झोले के अंदर पॉलिथीन बैग में रखे नमकीन को निकाला और स्टेशन से खरीदी लुगदी साहित्य खोलकर बैठ गये। हाँ, वही सुरेंद्र मोहन पाठक वाली सुनील सीरीज। इसी बीच नमकीन को चाय में डाल दिया।

दो पटरियों के बीच दौड़ती ट्रेन, रात का समय, खुली खिड़की और उसपर रखी चाय, मद्धिम रोशनी, हाथ में एक किताब और अकेला सफ़र...। सिंगल लोगों के लिए इससे ज़्यादा खूबसूरत सीन और सुकून हो ही नहीं सकता!

सफ़र बढ़ा, रात बढ़ी। प्रसाद जी ने ठेकुआ निकाला, खाया और साथ लाए थर्मस से पानी को उसके ढक्कन में डालकर मुँह लगाकर पी लिया। डकार लेने के बाद अटैची को अपने साथ लाए स्टील की चेन से सीट के नीचे बाँधा और चाबी को कमर से बँधे धागे से लटका लिया। उसके पहले अपनी चप्पल को काले पॉलीथीन से निकालकर वे बाहर

रख चुके थे। उसे पहनकर बाथरूम गए और वापस आकर चप्पल को सीट के नीचे रखा और झोले को तकिया बनाकर लेट गए। कुछ देर तक किताब पढ़ने के बाद वे सो गए।

सुबह क़रीब छः बजे नींद खुली। ट्रेन अपनी रफ़्तार से दौड़ रही थी। झोले में से ब्रश और लाल मंजन निकाला और गमछा लेकर बाथरूम गए। वहाँ पहले से नंबर लगा हुआ था। दस मिनट के बाद उनका नंबर आया। पाँच मिनट के भीतर वे अजीब सा मुँह बनाकर बाहर आये। गमछे से मुँह ढँका हुआ था। बाहर आते ही गमछा खोला और मुँह में भरे थूक को बेसिन में बाहर निकाला और ब्रश किया।

उसके बाद वापस अपनी सीट पर आकर बैठ गये। चादर, बिस्तर को समेटा और झोले में डाल दिया। तब तक चाय वाला भी आ गया था। उन्होंने लगभग वही सब दोहराया जो वे पिछली शाम कर चुके थे। किताब लगभग पूरी हो चुकी थी। ट्रेन दिल्ली दोपहर करीब एक बजे पहुँच गई। करीब चार घंटे प्लेटफॉर्म पर बिताने के बाद शाम की ट्रेन पर वे चढ़े और सुबह – सुबह पहुँच गए जम्मू तवी।

वहाँ से बस से कटरा। कटरा में एक धर्मशाला में ठहरे और दिनभर आराम करने के बाद शाम को बाणगंगा से चढ़ाई शुरू की। वहाँ उनके साथ और भी कई लोग थे जो रात में चढ़ाई कर रहे थे।

जय माता दी – 'जय माता दी...' प्रेम से बोलो – 'जय माता दी...' का जयघोष पूरी चढ़ाई के दौरान हो रहा था।

उन्होंने कुछ लोगों से बातचीत शुरू किया।

एक दंपति से प्रसाद जी ने पूछा – "आप कहाँ से हैं?"

पति – "कानपुर से।"

"अच्छा! आप हर साल आते हैं क्या यहाँ?"

"नहीं, इस बार तीसरी दफ़ा है।"

"अच्छा, कोई ख़ास कारण?" प्रसाद जी ने पूछा।

"मेरा एक्सीडेंट हो गया था, डॉक्टर ने जवाब दे दिया। तब मेरी पत्नी ने मन्नत माँगा था माता से। मेरी जान बच गई और हम यहाँ उसी कारण आते हैं", कहते हुए उस सज्जन ने दोनों हाथों को जोड़कर कहा – "बोलो शेरावाली माता की..."

प्रसाद जी समेत आसपास के सभी लोगों ने ज़ोर से कहा – "जय!"

यात्रा जारी रही।

इसी दौरान वे चाय और अपने साथ लाये नमकीन और ठेकुआ खाते रहते और थरमस का पानी पीते रहते। लगभग पाँच किलोमीटर चढ़ने के बाद प्रसाद जी अर्द्धकुमारी पहुँचे। अर्द्धकुमारी के दर्शन हेतु अंदर गए, लेकिन भीड़ काफी थी और वहाँ टोकन लेकर दर्शन की अनुमति थी। उन्होंने टोकन लिया और बाहर आ गए। उनका टोकन नंबर अगले दिन का था। वे थक रहे थे। उन्हें अब उम्र का अंदाज़ा हो रहा था। उन्होंने वहाँ से घोड़े पर सवार होकर यात्रा आरंभ की। रात क़रीब तीन बजे वे चोटी पर पहुँच गए। वहाँ क़रीब डेढ़ घंटा आराम किया और फिर वहाँ बने स्नानागार में स्नान कर साफ कपड़े पहने। उसके बाद दर्शन के लिये पंक्ति में लग गये। सुबह का समय था, भीड़ कम थी, दर्शन जल्दी और आसानी से हो गया। माता का दर्शन कर प्रसाद जी खुद को धन्य मान रहे थे।

तीन देवियाँ – महाकाली, महालक्ष्मी एवम् महासरस्वती का उन्होंने असीम श्रद्धा और भक्ति से दोनों कर जोड़ दर्शन किया, प्रसाद चढ़ाया और बाहर आ गए। मंदिर से निकलने में क़रीब छः बज गये। बाहर आकर देखा तो एक लंबी लाइन लगी हुई थी, माता के दर्शन हेतु। उन्होंने ख़ुद को भाग्यशाली समझा कि माता के दर्शन इतनी जल्दी और आसानी से हो गए!

वहाँ सिर्फ़ एक ही भाषा जन – जन की जुबान पर बैठी थी – 'जय माता दी – जय माता दी... प्रेम से बोलो – 'जय माता दी...', ज़ोर से बोलो – 'जय माता दी...!'

वहाँ से निकलने के बाद वे अगली चोटी पर जाने का सोचने लगे। आगे कम ऊँची लेकिन सीधी चोटी थी – भैरोनाथ मंदिर की। भैरोनाथ जी के दर्शन के बिना यात्रा अधूरी मानी जाती है। वहाँ और भी जन थे जो उस चोटी पर चढ़ने को तैयार थे। एक नया साथी बना प्रसाद जी ने भी चढ़ाई शुरू कर दी। फिर से वही जयघोष – "जय माता दी।"

प्रसाद जी – "भई साब! कहाँ से आए हैं आप लोग?"

"मध्य प्रदेश से...", उस सज्जन ने जवाब दिया।

"अच्छा! अकेले आएँ हैं क्या आप?"

"नहीं, पूरा परिवार है हमारे साथ। बेटे की शादी हो रही है ना... तो समधी जी भी सपरिवार आए हैं... ।"

"अच्छा! बहुत बढ़िया। वैसे करता क्या है आपका बेटा?"

"पिछले साल ही उसका जॉब लगा है अमेरिका में। बेटा सेटल हो गया, शादी हो जाएगी, फिर तो हम ज़िम्मेदारियों से मुक्त हो जाएँगे",

उस सज्जन ने शर्ट के कॉलर बटन पर हाथ रख कंधा उचकाते हुए कहा।

प्रसाद जी ने उन्हें भरी नज़रों से देखा लेकिन कहा कुछ नहीं। आगे बढ़ गए। आगे की चढ़ाई वाकई कठिन थी, लेकिन सभी चढ़ रहे थे तो प्रसाद जी का भी हौसला बढ़ रहा था। धीरे – धीरे वे भी ऊपर चढ़ते जा रहे थे। बीच – बीच में 'जय माता दी' का जयकारा लगाते जा रहे थे। क़रीब नौ बजे वे भी भैरोनाथ के मंदिर तक पहुँच गए। वहाँ फिर से लाइन में लग गए। क़रीब एक घंटा बाद भैरोनाथ जी का दर्शन हुआ।

दर्शन करने के बाद अब उतरने की बारी थी। लेकिन उन्हें भूख भी लगी थी। उन्होंने ऊपर बने एक होटल में नाश्ता किया और लगभग एक घंटे तक सुस्ताया। उसके बाद उन्होंने उतरने का कार्यक्रम शुरू किया।

उतरते समय वे अर्द्धकुमारी के दर्शन हेतु लाइन में लग गए। लगभग दो घंटे बाद उनकी बारी आई। उन्होंने पूरे मन से श्रद्धापूर्वक पूजा अर्चना कर थोड़ा विश्राम किया। उसके बाद फिर से धीरे – धीरे उतरने लगे। वापस कटरा आने में शाम हो गई।

प्रसाद जी थक चुके थे। धर्मशाला में आकर जल्दी से खाना खाया और चुपचाप कमरे में जाकर सो गए। जब आँख खुली तो सुबह के पाँच बजे थे। बिस्तर छोड़कर नित्य क्रिया से निवृत हो थोड़ा योग – प्राणायाम और पूजा पाठ किया। फिर कुछ देर अख़बार पढ़ा। उन्होंने घड़ी देखा। सात बज रहे थे। धर्मशाला से बाहर आकर थोड़ा शहर घूमने निकल गए। वहाँ दुकान से सूखे मेवे, अंजीर, प्रसाद और वैष्णोदेवी के कुछ फोटो और मूर्तियाँ खरीदी।

वहीं पास में एक स्टूडियो था। सोचा, इतनी दूर आये हैं, एक फोटो न खिंचवाया तो क्या किया? जाकर वैष्णोदेवी वाले बैकग्राउंड में दोनों हाथों में प्रसाद रखा, लाल रंग की 'जय माता दी' लिखी चुनरी को माथे पर बांधकर फोटो खिंचाई।

साढ़े बारह बजे वापस आकर खाना खाया और फिर आराम करने लगे। उनकी बस शाम पाँच बजे की थी। चार बजे उन्होंने कमरे से चेक आउट किया और सीधे बस स्टैंड आ गये। वहाँ टूरिस्ट बस लगी हुई थी। पप्पू ने प्रसाद जी के लिए बुकिंग पहले ही कर रखा था।

अंदर जाकर अपनी सीट पर बैठ गए। कुछ देर के बाद गाड़ी चलने को हुई। सीटी मार दी। गाड़ी धीरे – धीरे बढ़ी। फिर रुक गई। प्रसाद जी ने खिड़की से बाहर देखा। गाड़ी स्टैंड से बाहर निकल रही थी। शायद कोई यात्री छूट रहा था।

थोड़ी देर बाद क़रीब पचपन साल की एक महिला बस पर चढ़ी।

लगभग पाँच – दो का क़द और भरे हुए देह की मालकिन कंधे तक बॉब कट लिए बाल, ओवरसाइज़्ड टाइप का सनग्लासेस जो सर पर चढ़ा था, माथे पर बड़ी सी लाल बिंदी, गोरे चेहरे पर पाउडर की सफ़ेदी के साथ लिपस्टिक से रंगे लाल होंठ – लग रहा था जैसे इस उम्र में भी सुंदरता की ख्वाहिश अधूरी रह गई थी जिसे वह पूरा करना चाहती थी। लाल रंग के साथ हरे बॉर्डर वाली ताँत की साड़ी के साथ लाल ब्लाउज और पैरों में चमड़े का सैंडिल। दोनों हाथों में सोने का कंगन धारण किए और बाएँ हाथ में एचएमटी की काला फ़ीता वाली घड़ी और बढ़े नाखून में लाल नेल पॉलिश। दाहिने हाथ में उस श्रृंगार को बैलेंस करते हुए चमड़ा का एक महँगा हैंड बैग जो कंधे से लटककर कमर तक आकर झूल रहा था।

पूरी बस भरी हुई थी। सभी सीटों पर लोग परिवार व दोस्तों सहित बैठे थे। प्रसाद जी के बगल में एक सीट खाली थी। कंडक्टर ने महिला को प्रसाद जी की पास वाली सीट पर बिठा दिया। महिला ने पहले प्रसाद जी को देखा। एक तो मर्द ऊपर से ऐसी वेशभूषा। उनका टिपिकल मिडल क्लास वाला हुलिया देख नाक भौंह सिकोड़ा। कंडक्टर से दूसरे सीट की गुज़ारिश की।

कंडक्टर बोला – "मैडम! और कोई भी सीट खाली नहीं है। पीछे की सीट पर भी लोग बैठे हैं।"

मैडम को चाहिए थी खिड़की वाली सीट। यहाँ सीट का ठिकाना नहीं, खिड़की वाली सीट कहाँ से मिले?

मरता क्या ना करता? मजबूरन बैठना पड़ा प्रसाद जी के बगल में। प्रसाद जी ने कनखी से महिला को देखा फिर चुपचाप दोनों बाहों को मोड़कर बैठे रहे। बस स्टैंड से थोड़ी दूर निकली, तभी बस के नीचे भुना चना के साथ सरसों का तेल, नमक, प्याज़ आदि मिलाकर बेचने वाला आ गया। प्रसाद जी ने फटाक से पाँच रुपये का चना लिया और कागज़ के ठोंगे को गोद में रखकर मुँह चला – चलाकर खाने लगे। बीच – बीच में हरी मिर्च को काटते और सी – सी करते हुए खा रहे थे। खाते हुए उनके मुँह से आवाज़ आना महिला को डिस्टर्ब कर रहा था। गुस्सा तो आ रहा था लेकिन मजबूर थी। कुछ कर नहीं सकती थी।

गाड़ी आगे बढ़ी।

ड्राइवर ने गाना लगा दिया –

फिल्म 'साथ साथ' का गीत जिसे जावेद अख़्तर ने लिखा और जगजीत सिंह ने गाया था –

तुमको देखा तो ये ख़्याल आया,
ज़िंदगी धूप तू घना साया...
तुमको देखा तो ये ख़्याल आया...

बस ने गति पकड़ ली। वहाँ सभी परिवार वाले एक दूसरे से बातें कर रहे थे और कुछ – कुछ सूखा नमकीन खाते हुए यात्रा का लुत्फ़ उठा रहे थे। बस इनकी सीट पर खामोशी थी। प्रसाद जी जहाँ खुद में मस्त थे वहीं उनके इन कारनामों से महिला चिढ़ी हुई थी। वह दाँत पीसकर रह जाती।

आगे बस में एक मूंगफली बेचने वाला चढ़ा। प्रसाद जी ने उससे भी मूंगफली खरीद लिया और खाने लगे।

परेशान महिला ने प्रसाद जी से कहा – "हेलो!"

प्रसाद जी अपनी धुन में गाना गुनगुनाते हुए मूँगफली से छिलके को अलग करते हुए दाने को खा रहे थे। छिलका वहीं गोद में रखते जाते ताकि बाद में जमा कर उसे खिड़की से बाहर फेंका जा सके।

महिला ने खुद को समझाया और फिर ज़ोर से बोला – "हेलो!"

इस बार प्रसाद जी ने सुन लिया।

उन्होंने बिना कुछ कहे मूँगफली महिला की ओर बढ़ा दिया।

बड़ा ही बदतमीज़ आदमी है, महिला ने मन ही मन कहा। गुस्से को क़ाबू में रखते हुए उसने कहा – "नो थैंक्स! नहीं चाहिए।"

"ठीक है", कहते हुए प्रसाद जी फिर ख़ुद में व्यस्त हो गये।

महिला ने फिर उनसे कहा – “एक्चुअली, मुझे थोड़ा मोशन सिकनेस की प्रॉब्लम है। अगर आप मेरे साथ सीट एक्सचेंज करते तो मुझे बहुत राहत मिल जाती।”

“मतलब”, प्रसाद जी ने पूछा?

“वो चलती गाड़ी में मुझे उल्टी होती है...।”

“अच्छा... अच्छा। कोई बात नहीं।” कहते हुए वे अपनी सीट से उठ गये।

दोनों ने अपनीं सीटें बदल लीं। बाहर से आती ठंडी हवा महिला को सुकून दे रही थी। उसने अपना सर खिड़की से बाहर निकाल लिया।

प्रसाद जी ने उन्हें मना करते हुए कहा – “जी, सर बाहर मत निकालिए... अच्छा नहीं होता सर खिड़की से बाहर निकालना। ...हमारी दादी कहा करती थी।”

महिला को फ्री एडवाइज़ बहुत बुरी लगी। लेकिन उसने कोई जवाब नहीं दिया।

कुछ देर बाद प्रसाद जी का मूँगफली खत्म हो गया। उन्होंने बिना कुछ कहे छिलके को खिड़की से बाहर फेंक दिया।

महिला का चेहरा पहले से खिड़की के बाहर था। कुछ छिलके हवा के कारण उसके चेहरे से टकरा गए। उससे अब रहा नहीं गया।

उसने चिल्लाते हुए कहा – “अरे अजीब इंसान हैं आप... मैं कुछ बोल नहीं रही तो जो मन सो किए जा रहे हैं...।”

“क्या हुआ”, प्रसाद जी ने मासूमियत से पूछा?

"क्या हुआ? मूँगफली के छिलके को मुँह में फेंककर बोलते हैं कि क्या हुआ? कुछ मैनर्स हैं कि नहीं आपमें?" महिला बिफर पड़ी।

महिला का रौद्र रूप देखकर प्रसाद जी सकपका गए। उन्होंने तपाक से 'सॉरी' कहा।

"सॉरी! सॉरी बोलने से क्या होता है? आप पहले मैनर्स सीखो। (फिर बुदबुदाते हुए) पता नहीं किस – किसके साथ बैठना पड़ता है...।"

प्रसाद जी उल्टा मुँह कर दूसरी तरफ़ बैठ गये।

गाड़ी अपनी रफ़्तार से चल रही थी। बीच – बीच में सामने आती गाड़ियों और उनकी सीटियों की आवाज़ आ रही थी। रात होने वाली थी। गाँव और शहर तेज़ी से पार हो रहे थे। बत्तियाँ जली हुई थीं। थोड़ी देर बाद सड़क पर अंधेरा था। सिर्फ़ गाड़ियों की रोशनी दिख रही थी। तभी प्रसाद जी ऊपर रखे झोले से थर्मस निकालकर गट – गट पानी पीने लगे।

महिला सोने का प्रयास कर रही थी। गट – गट की आवाज़ से उसकी आँखें खुल गई। उसने चिढ़ते हुए कहा – "क्यों परेशान कर रहे हैं मुझे? लीजिए, बैठिये... बैठ जाइये अपनी सीट पर और शांति से मुझे सोने दीजिये। खिड़की वाली सीट के कारण ऐसा कर रहे हैं ना आप?"

प्रसाद जी ने कुछ नहीं कहा। महिला की ओर देखा और अंतिम घूँट लिया – "गट!"

"इधर आइए... इधर आइए", चिल्लाते हुए महिला उठ गई।

प्रसाद जी को कुछ समझ नहीं आ रहा था।

महिला अपनी सीट के पास आने लगी। प्रसाद जी को मजबूरन उठना पड़ा। वे फिर से अपनी सीट पर आकर बैठ गये।

गाड़ी थोड़ी दूर चली ही थी कि महिला को उल्टी जैसा लगने लगा। वह जबतक कुछ कहती, सारा खाया – पिया निकाल दिया! सारी गंदगी प्रसाद जी के पैंट पर... कुछ गाड़ी की सीट पर।

प्रसाद जी ने अजीब सा मुँह बनाया। कहा कुछ नहीं। थर्मस निकाला और महिला कि तरफ़ बढ़ा दिया। महिला ने उनकी तरफ़ देखा। प्रसाद जी समझ गए। उन्होंने थर्मस वापस रख लिया। महिला ने हैंड बैग की तरफ़ इशारा किया। उन्होंने उठकर उनके बैग से पानी का बोतल निकाला और महिला की तरफ़ बढ़ा दिया। इसी बीच आसपास के यात्रियों ने बस रुकवाई। दोनों नीचे उतरे। सहयात्री भी उतर गये। पास में ही चापाकल था। प्रसाद जी ने अपना पैंट साफ़ किया। महिला ने हाथ – मुँह धोये। उसे बुरा लग रहा था। शर्मिंदगी के मारे कुछ कह नहीं पा रही थी।

बस का स्टाफ सीट और गाड़ी के फर्श को धोया। सीट भींग गया।

पैंट साफ़ करने के बाद प्रसाद जी ने सीट के ऊपर उसे पसार दिया ताकि चलती बस में हवा से वह सूख जाए। उन्होंने अटैची से एक पैंट निकालकर पहले ही पहन लिया था। सभी यात्री अपनी – अपनी सीट पर आकर बैठ चुके थे। प्रसाद जी ने महिला को अपनी खिड़की वाली सीट दे दी। महिला उन्हें थैंक यू भी बोल नहीं पाई। वह चुपचाप जाकर सीट पर बैठ गई।

गाड़ी चल पड़ी। खिड़की से हवा घुसने के कारण महिला को अच्छा लग रहा था।

कुछ यात्री उन दोनों को कोस रहे थे तो कुछ सांत्वना दे रहे थे। दोनों ने उनकी बातों को अनसुना कर दिया। प्रसाद जी चुपचाप बैठे झपकी लेने लगे। महिला को भी नींद आने लगी। कुछ देर बाद महिला नींद में अपना सर प्रसाद जी के कंधे पर रख दी। वह बहुत थकी हुई थी, इस कारण नींद गहरी आई थी। प्रसाद जी ने दो – तीन बार महिला का सर अपने कंधे से हटाया। परंतु कुछ देर के बाद वे फिर महिला का सर अपने कंधे पर पाते। कुछ देर के बाद उन्होंने सर हटाना छोड़ दिया। सफ़र ऐसे ही कट गया।

रात लगभग साढ़े ग्यारह बजे उनकी बस काँगड़ा पहुँची। वहाँ सभी यात्रियों के लिए होटल बुक किया हुआ था। सभी यात्री बारी – बारी से बस से उतरकर होटल में जाने लगे। प्रसाद जी अपना पैंट सीट पर ही भूल गए थे। उस पैंट में एक रूमाल और एक छोटी सी पॉकिट डायरी थी, जिसे उन्होंने गलती से धो दिया था। सभी यात्री होटल में अपने – अपने कमरे में चले गए। महिला और प्रसाद जी का कमरा एक दीवार की दूरी पर था। उसमें भी एक दरवाज़ा था जो दूरी कम करने के लिए बना था, लेकिन उसे बंद कर दूरी को बरकरार रखा गया था। प्रसाद जी कमरे में आकर सीधा बिस्तर पर पड़ गए। महिला को नींद नहीं आ रही थी। कई विचार आ रहे थे उसके मन में। उसने उन विचारों को रोकने के लिए रिसेप्शन में फोन कर बगल वाले कमरे का नंबर लिया और कॉल कर दिया। कमरे में लगा टेलीफोन बजा तो प्रसाद जी की नींद खुली।

उन्होंने फोन उठाया – "हेलो!"

"हेलो", महिला ने कहा।

"जी?"

“जी, मैं बोल रही हूँ। मेरे कारण आपको बहुत तकलीफ़ हुई यात्रा में...”

“कोई नहीं जी, होता है...”, प्रसाद जी ने जवाब दिया।

“नहीं, वो मैं आपसे बोलना चाहती थी, लेकिन शर्मिंदगी से बोल नहीं पाई।”

“ओके।”

“अच्छा, एक बात बताइए, मैं सोते समय भी आपको परेशान की क्या?”

प्रसाद जी ने पलकें झपकीं और थोड़ी मुस्कान के साथ बोले – “जी नहीं।” उनके स्वर में नींद हावी था।

“नहीं, मुझे लगा कि सोते समय मेरा सर आपके कंधे पर आ जा रहा था। उसके लिए...”

तभी उधर से खर्राटे की आवाज़ आने लगी।

महिला रिसीवर को कान से हटाकर सामने लाई। अजीब सा मुँह बनाई फिर बोली – “अऽऽह...”

फिर से खर्राटा।

वह सॉरी बोलना चाहती थी। लेकिन खर्राटे ने उसका पूरा मूड ख़राब कर दिया।

“कैसा बेशरम और मैनरलेस आदमी है? बदतमीज कहीं का”, कहते हुए उसने रिसिवर पटक दिया।

उसे ठीक से नींद नहीं आ रही थी। लोग कैसे इतना मैनरलेस हो सकते हैं? वह सोच रही थी।

ख़ैर, सुबह हुई। सभी जल्दी से तैयार हो रहे थे। प्रसाद जी झटपट तैयार होकर बाहर निकले। सुबह के आठ बज गए थे।

सभी माता काँगड़ा देवी के दर्शन के लिए आगे बढ़े। मंदिर ज़्यादा दूर नहीं था। पूजा के बाद लगभग आधे घंटे तक वहाँ समय बिताने के बाद सभी होटल के पास एक रेस्तराँ में गए और कचौड़ी – जलेबी के साथ दही का भरपूर आनंद लिया। वहाँ से लगभग 11 बजे उनकी आगे की यात्रा आरंभ हुई।

वहाँ से निकलने के बाद बस ज्वाला देवी के लिये प्रस्थान हुई। लगभग एक घंटे की यात्रा के बाद बस ज्वाला देवी मंदिर पहुँची। वहाँ पूजा – अर्चना के बाद बाजार के एक होटल में प्रसाद जी ने दोपहर का ख़ाना खाया। महिला ने कुछ खरीदारी की। उसके बाद वह भी उसी होटल में खाने आ गई। प्रसाद जी तब तक खा कर उठ चुके थे। दोनों के बीच कोई बातचीत नहीं हो रही थी।

वहाँ से लगभग 2 बजे उनकी बस माता चिंतापूर्णी मंदिर के लिए प्रस्थान की। लगभग डेढ़ घंटे में बस वहाँ पहुँच गई। वहाँ भीड़ थी। सभी पूजन सामग्री लेकर मंदिर के बाहर लाइन में लग गए। वहाँ करीब एक घंटे के बाद प्रसाद जी का नंबर आया। उनके पीछे वही महिला खड़ी थी। उसकी तबियत ठीक नहीं लग रही थी। प्रसाद जी ने उसे अपनी जगह दे दी। वहाँ माता का दर्शन बड़ा ही सुखमय और शांति प्रदान करने वाला था। वहाँ से पूजन के बाद तीर्थयात्रियों ने कुछ – कुछ सामान ख़रीदा। कुछ ने फोटो खिंचवाई।

प्रसाद जी के पास ऐसा कुछ भी नहीं था जिससे वे समय काट सके। वे वापस आकर बस में बैठ गए। धीरे – धीरे यात्रीगण भी अपनी – अपनी जगह पर बैठने लगे। बस चलने को हुई। प्रसाद जी की बगल वाली

सीट अभी भी खाली थी। उन्होंने कुछ देर के लिये बस रुकवाई। बस ने हॉर्न दिया। फिर बढ़ने लगी। बस बढ़ी, प्रसाद जी की धड़कन बढ़ी। बस पार्किंग से बाहर मुख्य सड़क पर आ गई। ट्रैफिक अधिक होने के कारण बस की गति बहुत धीमी थी।

तभी कंडक्टर को पीछे से एक महिला की आवाज़ सुनाई दी। कंडक्टर ने पीछे देखा। वही महिला पीछे से हाँफती हुई दौड़ती चली आ रही थी। महिला के हाथ में एक फ्रूटी और नमकीन मिक्सचर का पैकेट था।

महिला बस में चढ़ी तो प्रसाद जी ने उन्हें खिड़की वाली सीट दे दी। ज्यादा ट्रैफिक होने के कारण बस कहीं – कहीं रुक रही थी। एक जगह बस रुकी तो प्रसाद जी ने ठेले पर बेच रहे भुट्टे वाले को बुलाकर एक भुट्टा लिया। भुट्टे को मक्का के छिलके में लपेटकर दिया गया था। उसी में काला नमक और मिर्च का पाउडर भी डाला गया था। प्रसाद जी ने काला नमक का एक एक्स्ट्रा पुड़िया माँग लिया और दो हरी मिर्च भी। आदतन उसे अपनी गोद में रखकर भुट्टे से दाना निकालकर खाते और मिर्च में नमक लगाकर चखते जा रहे थे। बीच – बीच में सी – सी की आवाज़ भी निकालते ताकि बगल वाले को भी अहसास हो कि प्रसाद जी मिर्च खा रहे हैं! महिला ने अपना मिक्सचर का पैकेट खोला और एक मुट्ठी मुँह में डाल लिया। उसके बाद फ्रूटी खोलकर गटक लिया। महिला एक पैकेज्ड फूड खा रही थी और प्रसाद जी ताज़ा। लेकिन एडवांस महिला थी क्योंकि वह ब्रांडेड चीज़ खा रही थी। उसकी आदत जो थी। फ्रूटी का डब्बा ख़त्म होने के बाद महिला ने उसे खिड़की के बाहर फेंक दिया। इधर भुट्टा खाने के बाद प्रसाद जी ने भी उसे बाहर फेंका और थर्मस से पानी पिया। पानी पीकर उन्होंने एक बड़ी सी डकार ली। महिला ने फिर बुदबुदाया – “कैसा बेशर्म आदमी है?”

प्रसाद जी ने शायद सुन लिया। बोले – "आपने कुछ कहा?"

"डकार लेते समय रूमाल नहीं रख सकते क्या?"

"उससे क्या होता? डकार रुक जाती", प्रसाद जी ने पूछा?

बगल में बैठा यात्री देख रहा था। हँस दिया।

महिला चिढ़ गई।

धीरे – धीरे बस शहर से निकली। बस ने रफ़्तार पकड़ी। शाम हो गई थी। बत्तियाँ जल गईं। आगे चलने पर ड्राइवर ने चाय – पानी आदि के लिए बस रोकी। प्रसाद जी उतरे। वहाँ देखा एक ठेले में चना का घुघनी बिक रहा था। गरमागरम। सबसे पहले मूत्र विसर्जन किया, फिर हाथ – मुँह धोया। फिर पास के चापानल से थर्मस में पानी भरा। उसके बाद चना घुघनी लिया और अपनी सीट पर आकर बैठ गये। महिला ने पानी का नया बोतल ख़रीदा था और एक पैकेट गुड डे बिस्कुट। बस चलने को हुई। महिला फिर खिड़की वाली सीट पर।

प्रसाद जी ने उसकी तरफ़ घुघनी बढ़ाते हुए कहा – "चना खाइए। सेहत के लिए बहुत अच्छा है।"

महिला ने प्रसाद जी को नाक सिकोड़कर देखा।

प्रसाद जी – "गैस नहीं बनेगा। हाज़मा ठीक रहेगा। इसमें प्रोटीन, आयरन, कैल्शियम, फाइबर और बहुत सारा विटामिन भी है... लीजिए टेस्ट कीजिए... बहुत अच्छा बनाया है। धनिया, मिर्च, टमाटर, नींबू मारकर दिया है।"

"नो, थैंक्स", कहते हुए महिला ने गुड डे का एक टुकड़ा मुँह में डाल लिया।

प्रसाद जी ने दुबारा नहीं पूछा और घुघनी खाने लगे। चपड़ – चपड़ की आवाज़ उनके मुँह से आ रही थी। बीच – बीच में पानी भी पी रहे थे।

महिला बस ये मना रही थी कि किसी तरह से ऐसे जाहिल इंसान से पिंड छूटे और वह शांति से घर वापस जाय।

महिला ने तीन घंटे का सफ़र बड़ी मुश्किल से काटा। बस पठानकोट पहुँची। वहाँ प्रसाद जी उतरने वाले थे।

प्रसाद जी ने अपना झोला उठाया और कहा – "ओके जी। चलता हूँ। कोई गलती – सलती हुई हो तो माफ़ कीजिएगा। राम – राम...।"

उन्होंने बस से उतरकर पीछे डिक्की में रखे अटैची को उतारा। बस चल पड़ी।

वहाँ से ऑटो पर प्रसाद जी स्टेशन आ गए। वहीं रात का खाना खाया और ट्रेन पकड़ी। वे थके थे। उन्होंने कपड़ा बदलने के लिए अटैची खोली तब उन्हें याद आया कि उनका पैंट तो बस में ही छूट गया! उसमें एक पॉकेट डायरी भी थी। उसमें सभी का फ़ोन नंबर भी था। अब वे किसी को फोन कैसे कर पायेंगे?

ख़ैर वे वहाँ से दिल्ली आए और फिर वापस अपने घर। एक कम पैंट के साथ।

अध्याय – 03

चिट्ठी

आज

आज उसी पैंट को उस महिला ने भेजा था। नाम शिउली। कलकत्ता से।

प्रसाद जी के सामने पूरी यात्रा नाच गई।

घर आए और एक कागज़ उठाया। लिखा –

शिउली जी,

पैंट भेजने के लिए धन्यवाद।

आपका

राम प्रसाद।

और उसे कलकत्ता के पते पर पोस्ट कर दिया।

कुछ दिनों के बाद प्रसाद जी को चिट्ठी मिली। कलकत्ता से।

लिखा था –

राम प्रसाद जी,

इसमें धन्यवाद कैसा? माफ़ी तो मुझे माँगनी चाहिए। आपको पूरी यात्रा में मेरी वजह से कष्ट उठाना पड़ा।

आपकी

शिउली।

इधर से प्रसाद जी ने फिर उसका जवाब भेजा।

शिउली जी,

आपको माफ़ी माँगने की कोई आवश्यकता नहीं है। गलती मेरी ही थी जो मैंने आपको खिड़की वाली सीट नहीं दिया।

वैसे आप एक बंगाली होकर कैसे इतनी अच्छी हिन्दी बोल और लिख लेती हैं?

आपका

राम प्रसाद।

पंद्रह दिनों बाद प्रसाद जी को फिर चिट्ठी मिली। लिखा था –

राम प्रसाद जी,

चलिए, छोड़िए उन बातों को। वैसे आप उतने भी बुरे नहीं हैं, जितना मैं समझती थी। सोचा आपके बारे में, आप अपनी जगह सही थे। मैं ही थोड़ी अकड़ूँ हूँ।

और हाँ, आपने मेरी हिन्दी के बारे में पूछा था। मैं बंगाली हूँ, लेकिन माँ उत्तर प्रदेश की थीं। पिताजी की सरकारी नौकरी थी और उनका ट्रांसफ़र कई हिन्दी भाषी जगहों पर हुआ था। इस कारण मुझे हिन्दी बोलने, समझने और लिखने में कोई परेशानी नहीं है।

आपकी

शिउली।

उन्होंने जवाब लिखा –

शिउली जी,

आपने लिखा कि माँ उत्तर प्रदेश से "थीं", और पिताजी नौकरी करते "थे"। इसका अर्थ? वे आपके साथ नहीं हैं क्या?

जवाब की प्रतीक्षा में।

आपका

राम प्रसाद।

शिउली ने फिर एक चिट्ठी भेजी। जवाब लिखा था –

राम प्रसाद जी,

आपका पत्र मिला। आपने परिवार के बारे में सवाल पूछा था। करीब पंद्रह साल पहले मेरे माँ – बाबा की मौत एक सड़क दुर्घटना में हो गई थी।

अब आप भी अपने परिवार के बारे में बतायें।

जवाब के इंतज़ार में।

आपकी

शिउली।

इस प्रकार चिट्ठियों का दौर चल पड़ा। समय के साथ चिट्ठियाँ लंबी होती गईं।

एक दिन प्रसाद जी यूँ ही पप्पू की दुकान पर बैठे थे।

पप्पू ने पूछ लिया – **"क्या बात है प्रसाद जी... आजकल चिट्ठियाँ बहुत आ रही हैं...?"**

प्रसाद जी ने कहा – "पप्पू यार, तुम अपने काम से काम रखो, ठीक है?"

कहते हुए प्रसाद जी अपने घर आ गए।

अब हर शाम को प्रसाद जी विविध भारती खोल कर बैठने लगे।

विविध भारती पर हर शाम चार बजे पिटारा खुलता था।

दोस्तों नमस्कार, आप सुन रहे हैं देश का नंबर एक चैनल, विविध भारती 102.6 एफएम। आप सुन रहे हैं हेलो फ़रमाइश और आज के पिटारे में मैं हूँ आपका होस्ट और दोस्त राजेंद्र त्रिपाठी।

राम प्रसाद जी ने और शिउली मुखर्जी ने इस गाने की फ़रमाइश की है। तो आइए सुनते हैं जगजीत सिंह की आवाज़ में जावेद अख़्तर का लिखा गीत फिल्म "साथ साथ" से –

तुमको देखा तो ये ख़्याल आया,
ज़िंदगी धूप तू घना साया...
आज फिर दिल ने एक तमन्ना की – 2,
आज फिर दिल को हमने समझाया – 2।
तुमको देखा तो ये ख़्याल आया...

प्रसाद जी की अनुपस्थिति में पप्पू की दुकान पर चिट्ठियों की चर्चा होने लगी।

प्रसाद जी अब पप्पू की दुकान बस काम से जाते।

एक बार अचानक चिट्ठियों का आना बंद हो गया। एक महीना, दो महीना, पाँच महीना... प्रसाद जी का सब्र टूटने लगा। बेचैन रहने लगे। उनकी बेचैनी उनके चेहरे पर झलकने लगी थी।

----****----

सितंबर 1999,

एक दिन बिना किसी को बताये वे अचानक निकल पड़े कलकत्ता के लिये।

हावड़ा स्टेशन से उन्होंने कालीघाट के लिए टैक्सी पकड़ी।

कालीघाट पहुँचकर उन्होंने माँ काली का दर्शन – पूजन किया। फिर चिट्ठियों वाले पते पर पहुँचे।

घर क्या था, एक बड़ी सी हवेली थी। पुराने जमाने का बंगला स्टाइल में बना बड़ा सा मकान। लकड़ियों की खिड़की जिसमें रोशनी आने के लिए पतली – पतली चपटी लकड़ियों को एक लाइन में रखकर बाँधा गया था। लगभग 15 फुट का बड़ा सा नक्कासी किया दरवाज़ा जैसे कोई राजमहल का प्रवेश द्वार हो। बीस इंच की मोटी दीवारें पीले रंग में रंगी थी। दरवाज़े व खिड़कियाँ हरे रंग से रंगी थी।

उन्होंने अटैची और झोले को जमीन पर रखा। चश्मा उतारकर साफ किया। माथे पर आए पसीने को रुमाल से पोंछा। माथे पर लगा नारंगी तिलक भी रुमाल के साथ पोंछा गया। फिर कुंडी पर हाथ रखा। कुछ पल के लिए ठहरकर दरवाजा धीरे से खटखटाया। फिर रुक गए। फिर कुछ सोचकर जोर से दो बार खटखटाया – खट – खट।

अंदर से कोई आवाज़ नहीं आई।

करीब पंद्रह सेकंड के बाद फिर से उन्होंने दरवाजा खटखटाया।

“के?” अंदर से आवाज़ आई जो किसी स्त्री की थी।

जी, मुझे शिउली जी से मिलना था, कहते – कहते गला सूख गया, हाथ काँप गए। फिर माथे पर आए पसीने को रूमाल से पोंछा।

कुछ देर बाद दरवाजा खुला।

"आपनार के? की काज आछे (आप कौन हैं? क्या काम है)?" एक महिला जो बंगाली वेशभूषा में थी, उसने दरवाजा खोलते ही प्रसाद जी की तरफ दृष्टि डालते हुए पूछा।

प्रसाद जी सकपका गए – "जी, मैं समझा नहीं।"

तभी उस महिला के पीछे क़रीब दस – बारह साल का एक बच्चा आया। जब उसने देखा कि एक अजनबी है जिसे बांग्ला समझने में परेशानी हो रही है तो उसने पूछा – "आप कौन हैं और क्या काम है?"

"जी, मैं राम प्रसाद हूँ और मुझे शिउली जी से मिलना है।"

बच्चे ने अपनी माँ को बांग्ला में समझाया।

महिला ने प्रसाद जी को अंदर बुलाया।

प्रसाद जी अंदर आये।

दरवाजे के सामने बड़ा सा आँगन। बीच आँगन में एक लाल रंग की कार लगी हुई थी। आँगन के तीनों ओर कमरे बने हुए थे और कमरों से लगा हुआ बरामदा। हर दरवाज़े की चौखट को ऊपर से छोटे – छोटे शंख और सीपियों से सजाया गया था। धागों में पिरोये ये स्वागत सीपियाँ बीच में छोटी थीं जो किनारे तक आते – आते लंबी कतारों में लगी धागों में पिरोई हुई झूल रही थीं। हर दरवाजे के सामने पक्के रंग से रंगोली बनी हुई थी। बरामदे के ऊपर छत को सीमेंट के खंभों ने थामा हुआ था। हर खंभे के नीचे गमलों में तरह – तरह के फूल लगे थे। किसी – किसी खिड़की के रंगीन मोटे छड़ों में मनी प्लांट लिपटी थी। आधा आँगन खुला था और बाकी के आँगन को छत ने ढँक रखा था।

जहाँ से आँगन की छत शुरू होती थी, वहीं से ऊपर जाने की सीढ़ी थी जो लगभग दस फुट चौड़ी थी। ऊपर के कमरे बंद थे। दरवाजे पर पर्दा लगा था। मुख्य दरवाजे की बाईं तरफ एक बड़ा सा हॉल था। जिसपर ताला लगा था। दाहिने तरफ छोटा सा मंदिर था जिसमें माँ काली की छोटी सी प्रतिमा स्थापित थी। प्रतिमा के ठीक सामने आँगन में एक तुलसी का पौधा लगा था। उसके आसपास गेंदा, गुड़हुल, हरसिंगार आदि के पौधे थे। प्रसाद जी बस घर को निहार रहे थे।

तभी महिला ने प्रसाद जी से शिउली का रिश्ता पूछ लिया।

प्रसाद जी को फिर बांग्ला समझ नहीं आया।

तभी उसकी बड़ी बेटी जो लगभग 17 - 18 साल की थी, कमरे से बाहर आई।

उसने हिन्दी में प्रसाद जी से पूछा – "आप शिउली जी के क्या लगते हैं?"

प्रसाद जी इधर – उधर ताकने लगे। गला साफ़ करते हुए बोले – "एक बार मिले थे हम लोग वैष्णोदेवी में।"

महिला प्रसाद जी की हालत समझ गई।

उन्होंने बात बदलते हुए कहा – "किछो लेबेन? चा, नास्ता (कुछ लेंगे? चाय, नाश्ता)?"

प्रसाद जी को फिर बांग्ला समझ नहीं आया।

उस लड़की ने वही सवाल हिंदी में दोहराया।

प्रसाद जी ने मना कर दिया।

सिर्फ एक ग्लास पानी माँगा। पानी को एक सांस में पीने के बाद बोले – "ठीक है, मैं चलता हूँ। शिउली जी आयें तो बता दीजियेगा कि प्रसाद जी आए थे।"

"कहाँ से?" लड़की ने पूछा। अपना पता तो बता दीजिए।

"मैं चलता हूँ", कहते हुए वे उठकर जाने लगे।

"कहाँ फँस गया यार", उन्होंने ख़ुद से पूछा और अपनी अटैची और झोला उठा लिया।

तभी महिला उनके लिए चाय बनाकर ले आई और लड़की को बोली – "उनको बैठने को बोलो।"

लड़की ने प्रसाद जी से बैठने को बोला।

प्रसाद जी ने मना कर दिया। दो कदम बढ़ा दिया बाहर की ओर।

लड़की पीछे से आवाज़ दी - "...वो शिउली दीदी यहाँ बहुत कम रहती हैं। हमलोग उनके घर में किरायेदार हैं। अभी वो हरिद्वार में हैं। कब आयेंगी हमें भी नहीं पता।"

प्रसाद जी मुड़े और कहा – "जी, धन्यवाद!"

और गेट के बाहर आ गए। बाहर आते ही उल्टे पाँव भागे। इस उम्र में ये सब अच्छा लगता है क्या? छी...छी..., उन्होंने ख़ुद से पूछा।

लगभग 500 मीटर जाने के बाद सबसे पहले एक ठेले के पास रुके और नारियल पानी पिया। ख़ुद को शांत किया और फिर आगे बढ़े। चलते – चलते सोच रहे थे कि अब क्या करें? कलकत्ता में तो शिउली नहीं मिली। हरिद्वार चलें क्या?

ना... ना... कहीं वहाँ भी नहीं मिली तो? जाना सही रहेगा?

बेवकूफ हो क्या जो उसके पीछे जाना चाहते हो जिसको तुम जानते तक नहीं?

पता नहीं कैसी होगी?

क्या रिश्ता है तुम्हारा उससे?

अंतिम सवाल पर उनका दिल और दिमाग दोनों रुक गये।

सवाल वाज़िब था – "क्या रिश्ता है तुम्हारा?"

यही सवाल तो उस महिला ने भी पूछा था। हाँ, वही किरायेदार जो शिउली के मकान में रहती थी।

क्या रिश्ता है मेरा? क्या लगती है वो, उन्होंने फिर ख़ुद से सवाल किया।

वे चले जा रहे थे। उन्हें कुछ सूझ नहीं रहा था। वहाँ उन्होंने बस पकड़ी और चल दिये विक्टोरिया मेमोरियल के लिए।

कलकत्ता – एक पुराना शहर। चौड़ी सड़कें जिसपर तेज़ी से बसें भाग रही थी। वे सोच रहे थे कि आखिर इतना ट्रैफिक होने के बाद भी कैसे इतनी तेज बसें चलाते हैं लोग? बसें अधिकतर नीली – पीली अथवा लाल – पीली होती थी। सभी का नंबर अलग – अलग था। खास नंबर की बस खास रूट से खास जगह जाती थी। कंडक्टर के हाथ में चमड़े का एक काला पर्स था जो कंधे से झूलकर कमर तक लहराता रहता था। कंडक्टर बंगला में ही बात कर रहा था। हालाँकि बहुत सारे कंडक्टर हिन्दी बोल – समझ लेते थे। बस में ड्राइवर को रुकने

या चलने का संकेत बस में लगी एक खास तरह की घंटी देती थी। कंडक्टर गेट के पास एक डोर को खींचता। घंटी उस डोर से बंधी थी। डोर खींचते ही टन- टन की आवाज़ आती थी। ड्राइवर समझ जाता था कि रुकना है या चलना है?

प्रसाद जी कभी सड़क किनारे गाड़ियों को देखते, कभी ऊँची – ऊँची इमारतों को। बसों और पीली टैक्सियों ने सड़क के अधिकांश हिस्से पर कब्ज़ा कर रखा था।

लगभग 20 मिनट में प्रसाद जी विक्टोरिया मेमोरियल पहुँच गए। वहाँ पार्क की कुर्सी पर बैठे रहे। किंकर्तव्यविमूढ़ होकर। थोड़ा इधर – उधर टहले। फिर विक्टोरिया मेमोरियल म्यूज़ियम में कुछ देर समय बिताया। मन शांत नहीं था। वहाँ से निकले तो पास में ही बिड़ला तारामण्डल आ गए। वहाँ एक हिंदी शो देखा फिर बाहर आ गए। आधे घण्टे के शो के लिए दो घंटे बर्बाद किये। वापस विक्टोरिया के पार्क में जाकर बैठ गए। दोपहर से शाम हो गई। वे पार्क से बाहर आये। वहाँ ठेले, खोमचे वालों से उबाला हुआ चना और झाल मूढ़ी लिया। दिनभर का भूखा इंसान उसे झट से खाकर खत्म कर दिया। अपने झोले से पानी निकालकर पिया और चढ़ गये बस पर।

बीस मिनट में वे हावड़ा स्टेशन पर थे।

अंदर जाकर एक कुर्सी पर बैठकर सोचने लगे। वापस घर चलें या फिर हरिद्वार? दिल बोलता हरिद्वार, दिमाग कहता घर। यूँ ही बैठे – बैठे डेढ़ घंटा बीत गया।

उनकी नज़र घड़ी पर पड़ी। रात के सवा आठ बजे थे। हर आने – जाने वाली ट्रेन की घोषणा हो रही थी। तभी घोषणा हुई – यात्रीगण कृपया

ध्यान दें, ट्रेन संख्या 3009, हावड़ा से चलकर बण्डेल, आसनसोल, धनबाद, गोमो, गया, मुगलसराय, लखनऊ के रास्ते हरिद्वार जाने वाली दून एक्सप्रेस अपने निर्धारित समय 20 बजकर 25 मिनट पर प्लेटफार्म संख्या 8 से रवाना होगी।

प्रसाद जी उठे और सीधे प्लेटफार्म 8 पर चले गये। वहाँ दून एक्सप्रेस प्लेटफॉर्म पर लगी हुई थी। उन्होंने सबसे पहले आगे लगे हुए जनरल डिब्बे में एक सीट पर कब्ज़ा किया और अटैची को सीट के ऊपर रख दिया। ट्रेन निर्धारित समय से चल दी।

जनरल बोगी में एक ऐसा भारत दर्शन होता है जिसमें लोग गरीबी में भी मुस्कुराते हैं। एक छोटे से घर में कई लोग कैसे रह लेते हैं यह देखने के लिए आप भारत के किसी भी ट्रेन की जनरल बोगी में घुस जाइए। कम संसाधनों में जीवन कैसे बिताया जाता है यह केवल जनरल बोगी में ही देखा जा सकता है। ठंड हो, बरसात हो या प्रचंड गर्मी, जनरल बोगी वालों को कोई फ़र्क नहीं पड़ता। वे सिर्फ़ एक चीज जानते हैं कि अगर अपना काम नहीं किया तो ख़ाना नहीं मिलेगा। 'रोज कुआं खोदो रोज पानी पियो' यही उनकी नियति होती है। इसके अलावा जनरल बोगी मजबूरी का चेहरा दिखाती है। लोग मजबूरी में, पेट की आग में कहाँ – कहाँ भटकते हैं ये देखना है तो जनरल बोगी में चले जाइए। गरीबी क्या है और इसका वास्तविक और वीभत्स रूप क्या है? यह देखना है तो जनरल बोगी में चले जाइए। कैसे माँऐं अपने दुधमुँहे बच्चे को लेकर भीषण गर्मी में भारत के एक छोर से दूसरे छोर तक एक सीट पर बैठकर सफ़र करती हैं? यह देखना है तो जनरल बोगी में चले जाइए। कैसे दो अनजान लोग खैनी बीड़ी से ही परिचित हो जाते हैं? यह देखना है तो जनरल बोगी में चले जाइए। कैसे एक –

दूसरे से एकदम सटकर एक दूसरे के पसीने, मुख और अपान वायु की दुर्गंध के साथ जीना पड़ता है? यह देखना है तो जनरल बोगी में चले जाइए। कैसे तीन दिनों तक बिना संडास किये सफ़र किया जाता है यह देखना है तो जनरल बोगी में चले जाइए क्योंकि ट्रेन के जनरल डिब्बों के संडास में भी यात्री ही मिलते हैं।

कोई सभ्य, कोई मवाली, परिवार को ताली, सरकार को गाली, कभी ससुराल तो कभी साली, कहीं घरवाली तो कहीं बाहरवाली, कहीं ईद तो कहीं दीवाली, कहीं मज़दूरी तो कहीं दलाली, कभी शांति तो कभी बवाली, कोई गोरी तो कोई साँवली, किसी को ज़ुकाम तो किसी को खुजली, कोई अंतिम तो कोई पहली, कोई बोतल भरी हुई तो कोई बोतल खाली, कोई सामान असली तो कोई ज़ाली, कोई बजाता ढोल तो कोई बजाता डफली, किसी के चेहरे पर हँसी तो किसी की आँखों में लाली, कोई खाता दोने में तो किसी के पास थाली, कोई बेढब तो कोई रूपाली, कोई है हँसने वाला तो कोई करे रुदाली, किसी की देवी मुंबा तो किसी की कलकत्तेवाली। इन सारी चीजों का अद्‌त संगम सिर्फ़ जनरल बोगी में ही मिल सकता है।

इन सभी को झेलते, लोगों को पेलते, भीड़ को गरियाते, सीट को हथियाते, किसी से बतियाते, किसी से खिसियाते, कभी हँसते, कभी गाते, कभी बीड़ी से खाँसते, कभी ख़ुद को कोसते, कभी दुर्गंध को आत्मसात् करते तो कभी खिड़की से पीछे भागते दृश्यों, बागों, बगीचों, खेत खलिहानों को निहारते किसी तरह वे एक दिन के बाद सुबह साढ़े सात बजे हरिद्वार पहुँच ही गए। ट्रेन लेट थी।

अध्याय – 04

शिउली

स्टेशन पर उतर तो गए, लेकिन अब जाएँ कहाँ? ये बड़ा सवाल था। कैसे और कहाँ खोजेंगे शिउली को? अगर वह नहीं मिली तो? और अगर मिल भी गई तो? क्या बोलूँगा मैं? कहीं गुस्सा हो गई तो? कहीं कोई लफड़ा तो नहीं हो जाएगा? ढेर सारे सवालों की गठरी उनकी अटैची से भी भारी हो गई थी।

अटैची और झोले के साथ इसी गठरी को माथे पर ढोते - ढोते प्रसाद जी धर्मशाला खोजने लगे। ये सोचकर कि अब यहाँ तक आ ही गए हैं तो आगे जो भी होगा देखा जाएगा।

वहाँ वे एक धर्मशाला में रुके। धर्मशाला की खिड़की सीधे गंगाजी की ओर खुलती थी।

प्रसाद जी सोच रहे थे कि अब यहाँ आ तो गया हूँ, उसे खोजूँगा कैसे?

वे खिड़की के पास खड़े होकर सोच रहे थे। सामने गंगाजी थी, पीछे दीवारें। सामने जल, पीछे धरा, सामने चेतन, पीछे जड़।

हर की पौड़ी में सुबह – सुबह लोग डुबकी लगा रहे थे, इस उम्मीद में कि उनके सारे पाप धुल जाएँगे। उनका भी मन हुआ कि अपना पाप धो ही लें लेकिन शरीर ने इजाज़त नहीं दी। बस खिड़की के पास खड़े

रहे। कुछ देर यूँ ही खड़ा रहने के बाद आखिरकार नहा – धोकर वे नीचे उतरे।

धर्मशाला के मैनेजर से मिले और औपचारिक बातचीत के बाद बोले, घूमने की जगह बताओ।

मैनेजर ने नाम बता दिया।

उन्होंने टेम्पो रोका। पूरा भरा हुआ था। वे पीछे लटककर खड़े हो गए और सीधे मनसा देवी मंदिर पहुँच गये। सोचा शायद यहाँ मिल जाय। पूरा मंदिर घूमे। तन वहाँ था लेकिन मन कहीं और... शांति नहीं मिली। अनमने से होकर बाहर आये। नाश्ता किया। थोड़ी देर इधर – उधर घूमे कि शायद वो कहीं दिख जाये। लेकिन नहीं...।

वहाँ से मायूस होकर उन्होंने माया देवी मंदिर की ओर रुख़ किया। माया देवी शक्तिपीठ में जाकर उन्होंने माता का दर्शन किया। कहते हैं कि माता सती के मृत देह को जब भगवान विष्णु ने अपने सुदर्शन चक्र से काटा था तो इस स्थान पर माता का हृदय और नाभि गिरी थी। इसी कारण इस स्थान को शक्तिपीठ माना जाता है। माया देवी की बायीं ओर काली माता तथा दायीं ओर कामाख्या देवी विराजमान हैं। प्रसाद जी ने बंद आँखों से माता का ध्यान किया और शिउली से मिलने की इच्छा जताई।

वहाँ से निकलते दोपहर हो गई। वहाँ से टेम्पो पर वे चण्डी माता मंदिर गए। तीन बज रहे थे। धूप खिली थी। नील पर्वत पर चढ़ाई कर वे मंदिर पहुँचे। नज़रें यहाँ भी किसी को ढूँढ ही रही थी। वहाँ उन्होंने पूजा किया और फिर से शिउली से मिलने की इच्छा जताई। उतरते वक्त सोच रहे थे – पता नहीं कोई मेरी मन की बात सुनेगा या नहीं? क्या करूँ? कैसे करूँ? कहाँ ढूँढूँ? कुछ समझ नहीं आ रहा था।

उनको उतरने में शाम हो गई। उनकी बेचैनी बढ़ती जा रही थी। चिंता की लकीरें माथे पर और उदासी उनके चेहरे पर, थकान मस्तिष्क में और पीड़ा हृदय में।

वे सीधे गंगा घाट पर पहुँचे। हर की पौड़ी। बैठ गये। सोचने लगे कि अब क्या किया जाए?

तभी एक साधु जैसा भेष धारण किए एक आदमी आया। बड़ी – बड़ी दाढ़ी – मूँछें, तन पर वस्त्र के नाम पर सिर्फ एक धोती और गले, बाँह और कलाई में रुद्राक्ष और माथे पर लंबा त्रिपुंड।

वह उनके बगल में बैठते हुए बोला - **"किनारे पर बैठने से मोती और हाथ पर हाथ रखकर बैठने से मोक्ष नहीं मिलता। कर्म करना पड़ता है। क्या सोच रहे हो अजनबी? जाओ, डुबकी लगाओ, रास्ता मिलेगा मोक्ष का।"**

प्रसाद जी को बात खटक गई - ...हाथ पर हाथ रखकर बैठने से मोक्ष नहीं मिलता। कर्म करना पड़ता है।

उतर गये पानी में। हर – हर महादेव... हर – हर गंगे।

वहाँ खड़े रहे। मँझधार में। आँखें मुँदी। हाथ जोड़े। प्रणाम की मुद्रा में।

थोड़ी देर बाद शंखध्वनि हुई। आँखें खुली। पीछे से रोशनी आ रही थी। मुड़े।

आरती की तैयारी हो चुकी थी। वे बाहर आये। गंगा आरती के लिए पीछे जाकर दोनों हाथ जोड़कर खड़े हो गए।

गंगा आरती ख़त्म। प्रसाद जी अपने कमरे में। रात्रि भोजन नहीं हुआ। रात को नींद नहीं आई। करवटें बदलीं। रात बीत गई।

सुबह हुई। आधे मन से नहाया धोया। तैयार होकर फिर निकले। सबसे पहले वे पवन धाम गये। गीता धाम सोसाइटी ट्रस्ट द्वारा बने इस मंदिर की सारी मूर्तियाँ छोटे – छोटे काँच के टुकड़ों से बनी हैं। वहाँ कुछ देर भ्रमण के बाद वे भारत माता मंदिर गये। वहाँ नाश्ता किया। आठों तल्ला घूम लिया। लेकिन नतीजा सिफर। कुछ हाथ नहीं लगा। वे सोचे – कहीं शिउली यहाँ से चली तो नहीं गई?

फिर उन्होंने ख़ुद को समझाया – ना... ना... वो गई नहीं होगी।

इसी उधेड़बुन में चले जा रहे थे। आगे सप्तर्षि आश्रम था। वहाँ गंगा सात भागों में विभक्त हो जाती हैं ताकि जल प्रवाह की आवाज़ कम हो जाय और सप्तर्षियों के तपस्या में कोई विघ्न ना हो। वहाँ से निकलने में तीन बज गये।

वे थक गए थे। उन्हें अब शांति चाहिए थी।

टेम्पो पकड़ा। चले आये शान्तिकुंज।

वहाँ आकर सबसे पहले चैतन्य सिद्ध क्षेत्र में गए। वहाँ बहुत सारे लोग ध्यान में थे। वे आगे बढ़े। यज्ञ शाला, संस्कार प्रकोष्ठ, सप्तऋषि मंदिर, गायत्री मंदिर होते हुए देवात्मा हिमालय मंदिर पहुँचे। वहाँ जाकर वे ध्यान में बैठ गए। एक महिला जो सफ़ेद साड़ी धारण किए थी, अपना ध्यान पूरा कर उठ रही थी। महिला की नज़र प्रसाद जी पर पड़ी।

उनको देखते ही महिला के मुख से अनायास निकला – "राऽम जी! आप आ गये?"

महिला की आवाज़ धीमी, शांत और मख़मली थी। संतों की तरह।

प्रसाद जी ने महिला को देखा। देखते रहे और एकटक देखते ही रह गए।

उन्हें पहली बार किसी ने राम बोला था। जब से होश सम्भाला, रामप्रसाद, प्रसाद बाबू, प्रसाद जी ही सुना था। आज जब राम सुना तो शरीर का रोम - रोम पुलकित हो उठा।

"शिउली जी, आप...?" बस इतना ही कह सके।

वे भी खड़े हो गये। दोनों की नज़रें पहली बार मिली। प्रसाद जी शरमा गए। कुछ कह ना सके।

शरीर पिछले साल वाला नहीं था। भरा पूरा शरीर अब सूख गया था। कपोल धँस गए थे। आँखें भी। बॉब कट वाला हेयरस्टाइल अब नहीं था। माथे से उतरे काले घने बाल अब लहराकर पीठ को छू रहे थे। ललाट के बीच में अभी भी वही लाल रंग की बड़ी सी बिंदी अपनी आभा फैला रही थी, पर चेहरे पर वो तुनकपन, वो रौब ओर वो स्फूर्ति नहीं थी। उसका स्थान अब सौम्यता ने ले लिया था और अब शरीर पर थकान हावी थी।

दोनों चुप थे। शांत – वैसे ही जैसे उस मंदिर में शांति थी।

धड़कनें संयत थी, सांसें पूरी, निगाहें भरी थी, भावनाएँ शांत – वैसे ही जैसे किसी को सोलमेट मिल जाता है। लग रहा था जैसे कितने सालों से एक – दूसरे को जान रहे हों। जैसे कोई नदी बिना किसी शोर के समंदर में जाकर मिल जाती है।

प्रसाद जी को चुप देखकर शिउली ने कहा – "बाहर चलें?"

प्रसाद जी ने हाँ में सर हिलाया और शिउली के पीछे – पीछे चल दिये। शिउली ने मंदिर के पास में बनी नर्सरी की ओर रुख किया। पीछे – पीछे प्रसाद जी भी चल पड़े।

प्रसाद जी ने पूछा – "आपको पता था कि मैं यहाँ आऊँगा?"

शिउली मुस्कुरा दी। बोली – "चिट्ठी का जवाब पाने की इतनी बेचैनी?"

प्रसाद जी शरमा गए।

शिउली ने उन्हें बताया – "ये सब पौधे औषधीय हैं। आयुर्वेदिक दवा बनती है इनसे।"

प्रसाद जी ने कुछ नहीं कहा।

वहाँ से बाहर निकलने के बाद बगीचे में गए। वहाँ दोनों एक कुर्सी पर बैठ गए।

"आप यहाँ?" प्रसाद जी ने पूछा।

"*चार महीने से। ज़िंदगी ने बहुत नचाया, अब थकने लगी हूँ। बसंती इन कुत्तों के सामने मत नाचना...। बसंती मैं हूँ, कुत्ती ये पूरी दुनिया और ज़िंदगी गब्बर... नाचना तो पड़ता ही है।* चाहे *कोई भी हो... हर किसी को नाचना है... हा... हा... हा...।*" शिउली ज़ोर से हँसी। लेकिन हँस ना सकी। आँखें चेहरे का साथ नहीं दे रही थी।

प्रसाद जी ने शिउली को देखा।

बसंती को वीरू का इंतज़ार था, यहाँ आप आ गये, राम जी! शिउली ने प्रसाद जी को देखते हुए कहा।

प्रसाद जी हँस दिये। कहा कुछ नहीं।

शिउली ने आगे कहा – "जब माँ – बाबा ज़िंदा थे तो गुमान था कि कोई राजकुमार आएगा तो उसी के साथ राजमहल में राज करूँगी। ना राजकुमार आया, ना राज मिला। इसी वजह से मेरी बोली थोड़ी कड़वी है।"

प्रसाद जी उसे ताकते रहे। एक शब्द नहीं फूटा। बस आँखें नम होने को थी, पर ख़ुद को सम्भाल लिया।

प्रसाद जी – "आपकी शादी नहीं हुई है?"

"आपको क्या लगता है? राम जी..., आप ना बड़े भोले हो। शादीशुदा होती तो यहाँ भजन कर रही होती? अभी अपने पति के साथ कुछ चाय नाश्ता न कर रही होती या फिर तार में टंगे बच्चों के सूखे कपड़े सहेज कर रख नहीं रही होती?"

शिउली सामने देखने लगी। उसकी आँखें भर गई थी। आगे कुछ कह ना सकी।

प्रसाद जी उसे सांत्वना देना तो चाहते थे। लेकिन कैसे, यह नहीं पता था।

"आपको देखा था पहली बार बस में, अजीब लगे थे आप...। एक ऐसा इंसान जिसे खाने के, बैठने के मैनर्स ही नहीं हैं। खाते और पीते समय मुँह से आवाज़ निकालता है, डकार या छींक आने पर रूमाल का इस्तेमाल नहीं करता है, फोन पर बातें करते हुए सो जाता है...। लेकिन बाद में मैंने सोचा कितने शांत और निश्छल थे आप? मैंने आपके पैंट पर उल्टियाँ कर दी, आपने एक शब्द नहीं बोला... पूरे सफ़र भर

आपके कंधे पर सर रख के सोयी, आपने एक शब्द भी नहीं बोला... मैं आपको पूरा सफ़र कोसती रही... फिर भी आपने एक शब्द नहीं बोला। बाद में मुझे लगा कि आप ऐसे ही हो... डाउन टू अर्थ। एकदम शांत और सुलझे हुए। आपका पैंट छूट गया था न बस में। उसी में एक पॉकिट डायरी भी थी। उसमें बहुत सारे लोगों के फोन नंबर थे। एक दो नंबर तो विदेशों के भी थे..."

"मेरे बेटों के नंबर हैं। एक यूएसए और दूसरा ऑस्ट्रेलिया का...", प्रसाद जी ने बीच में बोला।

"हाँ। सभी नंबर के पहले नाम और जगह लिखा था लेकिन एक नाम पप्पू का था जिसपर पता नहीं लिखा था। मैंने उन्हें फ़ोन किया और आपके बारे में पूछा। उन्होंने आपका पता बता दिया।"

प्रसाद जी – "हाँ, टेलीफोन बूथ है उसका। मेरी यात्रा की बुकिंग भी वही करता है।"

शिउली – "फिर मैंने उस पते पर आपका पैंट भेजा। आपसे मिलकर माफ़ी माँगना चाहती थी, पर हिम्मत नहीं हुई।"

प्रसाद जी मुस्कुराकर रह गए।

"कोई बात नहीं, होता है ऐसा। चाय पियेंगे आप?" उन्होंने पूछा।

"ठीक है।"

"आप रुकिए, मैं लाता हूँ", कहते हुए प्रसाद जी उठे।

शिउली भी उठ गई। कहा – "चलिए, साथ में चलते हैं।"

वहाँ से दोनों कैंटीन में गए। साथ में चाय पीने लगे।

आप जवाब दिये बग़ैर यहाँ चली आई? प्रसाद जी ने एक घूँट पीते हुए पूछा।

शिउली कुछ देर चुप रही। फिर धीरे से बोली – "बहुत टेंशन में थी। शांति के लिए यहाँ आई हूँ...। चार महीने हो गए। अब आप आ गए हैं... अच्छा हो जाएगा सब।" कहते – कहते गला भर गया।

प्रसाद जी ने कहा – "एक बार बताना चाहिए था ना?"

"आपको टेंशन नहीं देना चाहती थी", शिउली ने रुमाल से नाक पोंछते हुए जवाब दिया।

प्रसाद जी बोलना चाहते थे, लेकिन कुछ सोचकर चुप रह गए। सोचा ज़्यादा पूछना सही नहीं रहेगा।

फिर टोन बदलते हुए शिउली ने कहा – "कोई बात नहीं, अब तो आप आ गए ना यहाँ पर... अच्छा लग रहा है अब।"

प्रसाद जी तो मुस्कुरा भी ना सके।

आँखों की झील में काली नाव डूब रही थी।

दोनों वहाँ से निकले। प्रसाद जी ने शिउली का मन हल्का करवाने के लिए हरिद्वार घुमाने का निश्चय किया। शिउली एक बैग में अपना समान भरी और चल पड़ी प्रसाद जी के साथ।

शाम का समय था। दोनों गंगा घाट पर बैठे थे।

प्रसाद जी कंकड़ उठाते, गंगा में फेंकते। शिउली पास बैठी सब देख रही थी।

उसने पूछा – "राऽम जी, पोते हैं या नहीं आपके?"

"हाँ, हैं ना।"

"बात होती है? कभी आते होंगे आपके पास तो कितना खुश होते होंगे, है ना?"

प्रसाद जी चुप हो गए।

उनके हाथ में रखा कंकड़ इस बार गंगा में नहीं गया। हाथ में ही रह गया।

शिउली ने आगे कहा – "मेरा तो कोई नहीं। दादा जी की विरासत सम्भालने वाले बाबा भी चले गये। माँ भी ...।" वह सूनी आँखों से खुले आसमान को देख रही थी।

"चलें? अब देर हो रही है। रात होने को है। अब चलते हैं।" प्रसाद जी उठते हुए बोले।

शिउली भी उठते हुए बोली – "ठीक है। लेकिन गंगा आरती तो देखकर चलते। आप देखेंगे?"

प्रसाद जी ने शिउली की ओर देखा। शिउली उनकी ही ओर देख रही थी।

दोनों हर की पौड़ी आ गये। वहाँ पर गंगा आरती में भाग लिया और वापस आ गए कमरे में।

शिउली ने देखा कि ये होटल नहीं एक धर्मशाला है तो उसे थोड़ा अजीब सा लगा। वह होटल में रुकने की आदी थी लेकिन कुछ कहा नहीं। चुपचाप अपना बैग प्रसाद जी के झोले के पास रख दिया।

प्रसाद जी ने मैनेजर से कहकर शिउली के लिए भी एक कमरा बुक कर लिया।

दोनों धर्मशाला के बीच बने बड़े से बरामदे में बिछी चटाई पर बैठ गए। प्रसाद जी थोड़ी देर में चाय लेकर आए। चाय की पहली चुस्की लेते हुए शिउली ने पूछा – "राम जी, आपके शौक क्या – क्या हैं?"

"मतलब?"

"मतलब आपको क्या करना अच्छा लगता है?"

प्रसाद जी सोचने लगे।

शिउली – "छोड़िए, रहने दीजिए। शौक के लिये भी इतना सोचना पड़े तो... रहने ही दीजिए।"

प्रसाद जी ने नज़रें उठाई। बोले – "आपका?"

"घूमना", शिउली ने तपाक से कहा।

"हम्म्म!" कहते हुए प्रसाद जी वापस दोनों हाथों से पकड़े चाय के कप पर फ़ोकस करने लगे।

"ऋषिकेश चलेंगे?" शिउली ने फिर पूछा।

"क्या है वहाँ?"

"ये तो वहाँ जाने के बाद ही पता चलेगा।"

"रहने दीजिए। आप जाइये। मैं कल सुबह घर चला जाऊँगा।"

"तो आप आये क्यों इतनी दूर?"

प्रसाद जी के पास इसका कोई जवाब नहीं था। सवाल भी वाज़िब था।

"क्यों आए थे इतनी दूर?" उन्होंने ख़ुद से पूछा।

प्रसाद जी के हाथ में रखी प्याली अब होंठ तक जा नहीं पा रही थी। वापस फ़र्श पर आ गई।

"क्या सोचने लगे आप?" शिउली ने उनकी भावनाओं को पढ़ते हुए पूछी। फिर आगे बोली – "चलिए ना, अच्छा लगेगा। मैं तो यहाँ आई थी थोड़ी शांति के लिये। लेकिन मैंने महसूस किया कि शांति अकेले नहीं मिलती। अकेलापन तो श्राप है... बस कोई एक मिल जाए जो यूँ ही हाथ में हाथ डाले किसी नदी किनारे चुपचाप चलता रहे... यूँ ही साथ में बैठकर सुबह शाम चाय पीता रहे... यूँ ही रूठे – मनाये... यूँ ही बस साथ साथ..." कहते – कहते शिउली का गला भर गया। आगे एक शब्द कंठ से नहीं फूटा।

प्रसाद जी शिउली को देख रहे थे बस। चुपचाप। लगा कि उसके पास जाकर हाथों में हाथ डालकर दिलासा दिलाए... लेकिन आगे बढ़ ना सके।

बात बदलते हुए कहा – "चलिए खाना खा लेते हैं।"

दोनों उठकर खाने चले गये।

खाने के बाद।

प्रसाद जी ने अपना कमरा बंद किया। खिड़की खुली छोड़ दी। पंखा चालू कर दिया। खिड़की के पास आकर देखने लगे। गंगा को। वह अपनी लय में बहती जा रही थी। ऊपर देखा। चाँद नीले आसमान में

टहल रहा था। उसके रास्ते में कभी – कभी सफेद – ग्रे रंग के जैकेट पहने बादल हाथ मिलाने आ जाते थे।

काश! ये गंगा यहीं रुक जाये तो?

पानी रुक जाएगा।

कितना अच्छा होगा?

पानी सड़ जाएगा। जीवनदायिनी गंगा जीवन भक्षक हो जाएगी। दूषित हो जाएगी। रुकने से तो जीवन भी सूख जाता है, प्रसाद बाबू।

प्रसाद जी बिस्तर पर आकर लेट गए। दोनों हाथ पेट पर रख कर पंखे के डैने की गति को भाँपने लगे। यहाँ भी तो गति है... मतलब जहाँ गति है वहीं जीवन है। गति ख़त्म, ज़िंदगी ख़त्म, उन्होंने ख़ुद से कहा।

थोड़ी देर बाद उनके कमरे से खर्राटों की आवाज़ बाहर सुनाई देने लगी।

----****----

लाल सूरज खिड़की से अंदर झांकने लगा था।

नींद खुली। सात बज गये थे। उठे। बाहर आये। शिउली के कमरे का दरवाजे का पट्ट हल्का खुला था। नहाकर बाल संवार रही थी। थोड़ी देर में बाहर आई। बैग लेकर निकल रही थी। प्रसाद जी देख रहे थे। झट से शर्ट पहनकर झोला और अटैची लेकर पीछे भागे। बाहर निकलकर शिउली रिक्शा का इंतज़ार कर रही थी। एक रिक्शा आया। बैठकर चली बस स्टैंड की तरफ। प्रसाद जी भी उसके पीछे रिक्शा से चले।

बस स्टैंड पर खड़ा होकर शिउली बस के इंतज़ार में खड़ी थी। प्रसाद जी थोड़ी दूर एक दातून से दाँत रगड़ रहे थे। दो मिनट में दाँत साफ कर चाय लिया। दो कप। आगे बढ़े शिउली की तरफ। पास जाकर चाय का एक कप उसकी तरफ बढ़ा दिया। शिउली चौंकी। मुस्कुरा कर रह गई। प्रसाद जी ने पहली बार उसे मुस्कुराते देखा था। नज़रें होठों से हटी नहीं। तभी उनके बीच कप आ गया। जलकुट्टा साला। मिट्टी का भांड...।

चाय पीने के बाद शिउली – "आप किधर जा रहे हैं? घर?"

प्रसाद जी ने ना में सर हिलाया। कहा – "ऋषिकेश।"

"सच में?" शिउली की मुस्कुराहट बड़ी हो गई। दाँत दिख गए। हल्का पीलियाहट लिए। बड़े – बड़े और सीधे।

तभी बस आई। थ्री बाई टू। सभी चढ़ने लगे। दोनों टू सीटर में बैठ गये। शिउली के लिए प्रसाद जी ने खिड़की वाला सीट छोड़ दिया।

लगभग एक घंटे में उनकी बस ऋषिकेश बस स्टॉप पर थी।

शिउली एक रेस्तरां का पता लगाकर वहाँ गई और सबसे पहले कचौड़ी जलेबी खाया। प्रसाद जी को भी भूख लगी थी। उन्होंने भी पेट पूजा में दस कचौड़ियों और चार जलेबियों की आहुति दे डाली। वहाँ से दोनों ठहरने का प्रबंध करने लगे। पास में ही एक अच्छा सा होटल मिल गया। वहाँ स्नान – ध्यान करते दस बज गए। वहाँ से दोनों सबसे पहले रिक्शे से रघुनाथ मंदिर गए। कहते हैं श्रीराम जी ने रावण वध के बाद ब्रह्महत्या से मुक्ति हेतु यहीं तपस्या किया था। यह पुण्य भूमि है। मंदिर प्रांगण में एक ऋषि कुंड है जिसे कुब्ज ऋषि ने बनवाया था।

मान्यता है कि कुब्ज ऋषि ने अपने तप बल से यमुना जी को वहाँ बुला लिया था। आज भी ये कोई नहीं जानता कि वहाँ यमुना जी का पानी आता कहाँ से है?

वहाँ से निकलकर पास में ही स्थित भरत मंदिर गए। इसी में एक पीपल का पेड़ है जो लगभग 220 साल पुराना है।

इसी बीच दोपहर का ख़ाना खाते समय उन्हें पता चला कि वहाँ रिवर राफ्टिंग की भी सुविधा है। शिउली वहाँ जाने के लिये मचल उठी। प्रसाद जी जाने के पक्ष में नहीं थे। शिउली के बहुत कहने पर मुश्किल से वे राज़ी हुए। तपोवन चौक से उन्होंने शिवपुरी के लिए टेम्पो बुक किया। वहाँ से लगभग 8 किलोमीटर दूर वे शिवपुरी राफ्टिंग और कैम्प इलाके में पहुँचे। वहाँ राफ्टिंग के लिये और भी कई लोग आये थे। शिउली वहाँ टिकट पता करने गई। प्रसाद जी ने अपने पैंट के सामने वाले जेब में हाथ ड़ालकर रुपया निकाला और गिनने लगे। एक सौ उनचास रुपये बचे थे। आगे के गुप्त जेब (चोर पॉकिट) में हाथ डाला तो कुछ और नोट निकले। गिनने पर दो सौ थे। कुल हुए तीन सौ उनचास रुपये। उनका ख़ाली जेब राफ्टिंग के लिए मना कर रहा था। उन्होंने हिसाब लगाया। किसी तरह वे अपने घर पहुँच जाते। वे सोच रहे थे कि शिउली को वे मना कैसे करें? वे बहाना ढूँढ रहे थे तभी शिउली उन्हें ढूँढती हुई आई।

उन्हें देख प्रसाद जी झट से सारा पैसा अपनी जेब में रखने लगे। इसी बीच एक पाँच और एक दो का सिक्का नीचे गिर गया।

शिउली ने देख लिया। वह समझ गई।

पूछी – "क्या हुआ राम जी? पैसे गिन रहे हैं क्या?"

प्रसाद जी ने सकपकाते हुए जवाब दिया – "अरे नहीं, बस यूँ ही हिसाब लगा रहा था कि..."

"कि...", शिउली ने पूछा?

"कि...", प्रसाद जी कुछ कह ना सके।

"आप कितना दिन रह पायेंगे? है ना?"

"जी नहीं, वैसी बात नहीं है। मुझे वैसे भी पानी से डर लगता है। आप राफ्टिंग कीजिए। मैं आपको लक्ष्मण झूला के पास मिलूँगा। मुझे तैरना भी नहीं आता। ...उमर भी हो गई है, तो आप चले जाइए।"

शिउली उनके पास आई और सिक्के उठाकर उन्हें देते हुए बोली – "आप पैसों की चिंता क्यों कर रहे हैं राम जी? पैसे तो हाथ की मैल है। आप सिर्फ मेरे लिए यहाँ तक आए हैं, आगे के सफ़र में आपको अकेला नहीं छोड़ूँगी। आप चिन्ता ना करें। अब चलिए, वहाँ देर हो रही है।"

प्रसाद जी – "नहीं, शिउली जी, मुझे वाक़ई पानी से डर लगता है। मुझे तैरना भी नहीं आता। आप देख रही हैं ना गंगा की रफ़्तार कितनी तेज और खतरनाक है?"

"तैरना तो मुझे भी ठीक से नहीं आता राम जी, तो क्या हम पानी में उतरना छोड़ देंगे? नहीं ना? आप चालिए ना अच्छा लगेगा।"

प्रसाद जी के पास अब बहाना भी नहीं बचा था। हार मानकर उन्हें जाना पड़ा। लाइफ जैकेट ठीक से पहनने के बाद भी उनका आत्मविश्वास डिगा हुआ था। नाव में बैठने के बाद जैसे ही राफ्टिंग शुरू हुई। शिउली ने ख़ुशी से चिल्लाना शुरू कर दिया। प्रसाद जी की

सिट्टी पिट्टी गुम हो गई थी। उनके मुख से आवाज़ नहीं निकल रही थी। बीच – बीच में तेज लहरों से नाव में पानी भर जा रहा था। जितनी ऊँची लहर, उतना प्रसाद जी का एड्रेनैलिन स्तर!

इसी बीच एक तेज लहर ने नाव को झटका दिया। नाव तिरछी हुई। प्रसाद जी चभांग से नीचे। नाव ऊपर। उनका मुँह खुला। गंगा मैया उनके नासिका और मुख द्वार से सीधे पेट में। जैसे कहना चाह रही हो – "तू मेरे में डुबकी लगा रहा है, अब देखो, मैं कैसे तुझमें डुबकी लगाती हूँ?"

वहाँ नाव में बैठे गाइड ने तुरंत उन्हें बाहर निकाला।

प्रसाद जी काँप रहे थे। ठंड से या फिर डर से नहीं पता।

बड़ी मुश्किल से उन्होंने अपना राफ्टिंग पूरा किया। लक्ष्मण झूला पहुँचने में करीब पाँच बज गया। शिउली को खूब मज़ा आया लेकिन प्रसाद जी के लिए वह जीवन के सबसे भयानक अनुभवों में से एक था।

वहाँ उतरकर उन्होंने सबसे पहले अपने कपडे बदले। फिर शिउली ने उन्हें लक्ष्मण झूला और राम झूला चलने का आग्रह किया। लक्ष्मण झूला से गंगा का नयनाभिराम दृश्य देख प्रसाद जी मुग्ध हो गए। वहाँ आये पर्यटकों से पता चला कि लक्ष्मण झूला अंग्रेंजों ने सन् 1923 में बनवाना शुरू किया था जो सन् 1930 में बनकर पूरा हो गया। वहाँ शिउली ने अपना कोडेक का रील वाला कैमरा निकाला और ढेर सारा फ़ोटो लिया। प्रसाद जी कैमरे के सामने नहीं आना चाहते थे लेकिन शिउली के लिए यह एक यादगार पल था और वह इसे यूँ ही नहीं गँवाना चाहती थी।

लक्ष्मण झूला के बाद दोनों राम झूला गए। वहाँ घूमने के बाद दोनों शत्रुघ्न घाट पहुँचे। वहाँ गंगा जी की संध्या आरती की तैयारियाँ हो रही थी। गंगा घाट की सीढ़ियों पर शिउली प्रसाद जी के बायीं ओर हाथ जोड़कर खड़ी हो गई। आरती के बाद शिउली को भूख लगने लगी। वहाँ आसपास के लोगों से पता कर वे वहीं पास में चोटीवाला रेस्तरां में गए। यह रेस्तरां सन् 1958 से लोगों की पेट पूजा करवा रहा है। वहाँ खाने के लिए लंबी लाइन लगती है। करीब 45 मिनट बाद दोनों का नंबर आया। दोनों ने भरपेट भोजन किया। खाना खाने के बाद प्रसाद जी जेब से पैसे निकालकर काउंटर में जमा करने लगे।

इसी बीच शिउली पीछे से आई और कहा – "क्या कर रहे हैं आप? रुकिए मैं दे रही हूँ।" फिर काउंटर पर बैठे सज्जन से कहा – "भैया, आप ये लो पैसे और इन्हें इनका पैसा वापस कर दो।"

"अरे, शिउली जी। मैं दे रहा हूँ न पैसे... आप रखिये।"

शिउली – "नहीं। आप हमारे मेहमान हैं, आपको पैसे कैसे देने दूँ?" (काउंटर वाले सज्जन से) – "भैया, आप इनके पैसे वापस कर दो प्लीज!"

और कहते हुए अपने हैंड बैग से उनकी ओर 50 का नोट बढ़ा दिया।

सज्जन ने प्रसाद जी को पैसे वापस कर दिए और बचा हुआ चेंज पैसा शिउली को दे दिया।

बाहर आकर प्रसाद जी ने पूछा – "शिउली जी, मैं आपका मेहमान कब से हो गया?"

"न हुए तो हो जाइए", कहते हुए शिउली हँस दी। फिर बोली – "प्रसाद जी, मुझे पता है कि आपके पास उतने पैसे नहीं हैं, फिर क्यों आप प्रतिष्ठा में प्राण गँवा रहे हैं? उन पैसों को रखिये... काम आएँगे।"

फिर दोनों रास्ते में टहलने लगे। एक अच्छे साथी के साथ बाज़ार घूमने का मज़ा ही कुछ और होता है।

आगे चलने पर बायीं तरफ़ एक एसटीडी बूथ दिखा। शिउली वहाँ गई। वहाँ से अपने घर फ़ोन किया। वहाँ पूछने पर पता चला कि दुकानदार की ट्रैवल एजेंसी भी है।

शिउली अंदर गई। वहाँ से ट्रेन और एयर टिकट बुक करवाना था। दुकानदार ने उसे बिठाया। बाहर प्रसाद जी थोड़ी देर खड़े रहे फिर सड़क के पार एक जनरल स्टोर में चले गए। वहाँ से पारले का किसमी टॉफ़ी किया। लाल रंग के कागज़ में लिपटी चार आने की टॉफ़ी बहुत मीठी होती है, ऐसा ख़ुद से कहते हुए वे वापस ट्रैवल एजेंसी आ गये। तबतक शिउली टिकट बुक करवा चुकी थी। वह बाहर निकली।

बोली – "आपको फ़ोन करना है?"

प्रसाद जी ने कोई जवाब नहीं दिया।

प्रसाद जी को चुप देखकर शिउली ने फिर पूछा – "टिकट?"

"कहाँ के लिए?' प्रसाद जी ने पूछा।

"घर के लिए और कहाँ के लिए।"

"नहीं, बाद में करा लूँगा", प्रसाद जी ने सोचते हुए जवाब दिया।

शिउली समझ गई। कुछ कहा नहीं।

बस कहा – "ओके।"

कहते हुए एक रिक्शा रुकवा ली और बैठते हुए बोली – "आइये, अब ज्यादा सोचिये मत, बैठ जाइए।"

"रिक्शा के पैसे मैं दूँगा। बोलिये मंजूर है, तब बैठूँगा।" प्रसाद जी ने खड़े – खड़े कहा।

शिउली फिर हँसी। "ठीक है, अब आ जाइए", उसने कहा।

प्रसाद जी बैठ गए। थोड़ी देर में दोनों होटल पहुँच गए।

प्रसाद जी ने रिक्शा वाले को पैसा दे दिया।

दोनों होटल के छत पर गए। पूरा ऋषिकेश दिख रहा था। बल्ब की रोशनी में नहाया हुआ।

दोनों चटाई पर बैठ गए। छत की दीवार पर भी एक 100 वॉट का फिलिप्स का बल्ब पीली रोशनी दे रहा था।

"कल का क्या प्लान है राम जी?" शिउली ने पूछा।

"कुछ नहीं। कल सुबह के बस से हरिद्वार निकल जाऊँगा। वहाँ से घर।"

"अच्छा! और मैं कल जाऊँगी केदारनाथ। सुबह की बस से। चलेंगे आप?"

"नहीं, नहीं। आप जाइए।"

"कहीं आज के जैसा पीछे – पीछे बस स्टैंड तो नहीं आ जाइएगा?"

प्रसाद जी झेंप गए। कुछ नहीं कहा।

शिउली (हँसते हुए) – "मज़ाक कर रही थी राम जी। आपके साथ इतने दिन हो गए हैं... मज़ाक भी नहीं कर सकती क्या? इतना तो हक दीजिए।"

प्रसाद जी ने बात बदलने के इरादे से कहा – "आप अगर बुरा ना माने तो आपको कुछ दूँ?"

शिउली ने दोनों आँखें निकालते हुए चेहरा को आगे की तरफ़ धकेला जैसे पूछना चाह रही हो – "क्या?"

प्रसाद जी ने अपने शर्ट की जेब से पारले का टॉफ़ी उसकी ओर बढ़ाते हुए कहा – "चॉकलेट।"

शिउली ने हँसते हुए कहा – "रिश्वत है क्या?"

"नहीं। अभी आपने कहा ना कि इतने दिन हो गए हैं हमारे, ...तो गिफ्ट तो बनता है ना... अभी यही है हमारे पास... छोटा सा गिफ्ट...।"

शिउली ने टॉफ़ी को लिया। उसे देख बोली – "ये चाकलेट है?"

"तो?"

"अरे ये तो टॉफ़ी है। चॉकलेट तो अलग होता है। लंबा होता है।"

"अच्छा!"

"ख़ैर कोई बात नहीं, आप भी लीजिए।"

"नहीं। मैंने दस लिए थे। पाँच आपके लिये और पाँच अपने लिये।"

"अच्छा! तो क्या हुआ? आप भी लीजिए।"

प्रसाद जी ने एक टॉफ़ी उठा लिया।

एक टॉफ़ी को मुँह में लेते हुए शिउली ने कहा – "ये बहुत मीठा होता है। इलायची के फ्लेवर में। गंगा मैया की कृपा से हमारा रिश्ता भी ऐसा ही मीठा रहे।"

प्रसाद जी मुस्कुरा दिए।

"कितना अच्छा होता ना राम जी, इन तारों के बीच हमारा भी घर होता", शिउली ने ठंडी आह लेकर कहा? वह टॉफी खाते हुए ऊपर आसमान को देख रही थी।

"कहते हैं लोग मरने के बाद तारे बन जाते हैं।" प्रसाद जी ने ठंडी आह भरते हुए कहा।

शिउली मुस्कुरा दी। कहा – "तो तारों के बीच में जाने के लिये मरना पड़ेगा?"

प्रसाद जी उसकी ओर देखते रहे। खामोशी से।

शिउली ने आकाश की ओर देखते हुए कहा – **"मैं मरना नहीं चाहती राम जी।"**

फिर प्रसाद जी के हाथ पर अपना हाथ रख दिया। कहा – **"लोगों को जाने दीजिए तारों के शहर में... हम केदारनाथ चलेंगे। आप चलेंगे ना हमारे साथ, राम जी?"** शिउली गंभीर लेकिन शांत थी।

शिउली की आँखों से निकली ओस की दो बूँदें प्रसाद जी के हाथ पर गिरी। प्रसाद जी के शरीर में हलचल हुई। उन्होंने हाथ हटा लिया।

शिउली ने आँसू पोंछते हुए कहा – "सॉरी! अब चलें, रात बहुत हो गई है। सोने का वक़्त हो गया है। सुबह जल्दी जाना भी है।"

शिउली ने अपना सलवार सूट बदल कर नाइटी पहना और पंखा चला दिया। बल्ब ऑफ़ कर सो गई।

प्रसाद जी अपने नीले चेक वाली लुंगी और गंजी में पंखे को निहारते रहे। कितने दिनों बाद आज मुस्कान आई थी उनके चेहरे पर। उन्हें देख बल्ब और पंखा भी शरमा रहे थे।

यूँ ही लेटे – लेटे कब आँख लग गई, पता नहीं चला। सुबह पाँच बजे नींद खुली। उठकर सबसे पहले शिउली के कमरे को देखा। कहीं ताला तो नहीं लग गया?

दरवाज़ा अंदर से बंद था। उनकी जान में जान आई।

तौलिया उठाकर बाथरूम चले गए। एक घंटे में पूजा पाठ कर तैयार हो गये।

इसी बीच शिउली ने भी स्नान ध्यान कर लिया था।

कमरे से निकलते समय दोनों की नज़रें मिली।

शिउली ने पूछ लिया – "चलें? केदारनाथ?"

प्रसाद जी मुस्कुरा दिये।

थोड़ी देर में होटल के सामने सफेद रंग की एक टाटा सूमो खड़ी थी। गाड़ी ने हॉर्न मारी। शिउली ने नीचे देखा। आवाज़ दी – "रुको, आ रही हूँ।"

फिर उन्होंने प्रसाद जी से कहा – "चलिए, गाड़ी आ गई है।"

प्रसाद जी दोनों का सामान उठाकर नीचे उतरने लगे। नीचे उन्होंने होटल मैनेजर को पैसे दे दिये। थोड़ी देर में शिउली भी आई। जब उसने पैसे निकाले तो मैनेजर ने कहा कि पैसे जमा हो चुके हैं।

शिउली बाहर निकलीं। तब तक प्रसाद जी और ड्राइवर मिलकर सामान को गाड़ी के अंदर रख चुके थे। शिउली चुपचाप ड्राइवर के पीछे वाली सीट पर बैठ गई।

प्रसाद जी आगे ड्राइवर के बगल वाली सीट पर बैठे। गाड़ी बढ़ी।

शिउली ने तेज आवाज़ में कहा – "राम जी आपने पैसे दिये होटल के?"

"हाँ", प्रसाद जी ने आगे देखते हुए कहा।

"क्यों?"

"क्या हो गया? आप दो या फिर मैं दूँ। बात बराबर है..."

"बात बराबर नहीं है राम जी।"

"अच्छा ठीक है, आगे आप दे देना। ठीक है? आप ज़्यादा गुस्सा मत कीजिए। सेहत के लिए ठीक नहीं होता।"

"अभी के बाद आप तब तक पैसे नहीं निकालेंगे जब तक मैं न बोलूँ।" शिउली काफ़ी गुस्से में थी।

"अच्छा ठीक है, ये लीजिये पानी पीजिए", कहते हुए प्रसाद जी ने पानी का बोतल शिउली की तरफ़ बढ़ा दिया।

शिउली ने पानी का बोतल ले तो लिया पर कुछ बोली नहीं। वह सिर्फ़ अपने बोतल का पानी पीती थी।

प्रसाद जी को ये बात पता थी, इसलिए उन्होंने दुकान से नया पानी बोतल लिया था। जब उन्होंने देखा कि उस पानी को भी शिउली नहीं पी रही है तो उन्होंने अपने शर्ट की जेब से पारले का एक किसमी बार उसकी तरफ़ बढ़ाया। शिउली ने देखा तो मुस्कुराहट

छुपा ना सकी। कुछ देर बाद फिर एक चॉकलेट उसकी तरफ़ बढ़ाया।

शिउली – "कहाँ से मिल गया ये चॉकलेट?"

"आपने ही कहा था ना टॉफ़ी नहीं, चाकलेट चाहिए।"

"अच्छा...! थैंक यू!"

प्रसाद जी मुस्कुरा दिए।

गाड़ी शहर से बाहर सड़क पर दौड़ने लगी।

सितंबर का महीना। हल्की ठंड – इतनी कि एक पतले चादर और हाफ स्वेटर से काम चल जाय। बरसात के बाद की हरियाली, घाटियाँ, पहाड़ और खाई। उसपर एक खूबसूरत और प्यारे साथी के साथ यात्रा – जितना वर्णन किया जाये, कम है।

लगभग दो ढाई घंटे के बाद वे देवप्रयाग पहुँचे। वहाँ भरपेट नाश्ता किया। कुछ देर सुस्ताये फिर आगे बढ़े। वहाँ पर शिउली ने उल्टी की दवाइयाँ ले ली। पानी का बोतल लिया। वहीं प्रसाद जी ने भुट्टा, चना और मूँगफली ले लिया – काला नमक और हरी मिर्च के साथ। आधे घंटे बाद उनका सफ़र फिर शुरू हुआ। सड़क कहीं – कहीं टूटी हुई थी। कहीं – कहीं गड्ढे ज़्यादा थे, सड़क कम। गाड़ी हिचकोले खाती आगे बढ़ रही थी। खिड़की बंद करनी पड़ी। धूल से गाड़ी भर गई। शिउली की बीमारी शुरू हो गई। उसने उल्टी करना शुरू कर दिया। गाड़ी रोकी गई। थोड़ा आराम किया। इलेक्ट्रॉल पानी पिया। गाड़ी फिर आगे बढ़ी। सामने से आती बड़ी गाड़ियाँ, ख़तरनाक घाटियाँ, गड्ढे, धूल, कहीं – कहीं घुमावदार मोड़, सड़क पर भरा पानी, सँकरी सड़क और

गाड़ियों का रेला। यात्रा धीमी और थकाऊ होने लगी। दो बजे तक वे श्रीनगर, अगस्तमुनि पार कर गुप्तकाशी पहुँचे। वहाँ किसी होटल में खाना खाया। फिर थोड़ा आराम किया। तीन बजे फिर उनका सफ़र शुरू हुआ। एक घंटे में वे सोनप्रयाग पहुँच गए। ड्राइवर ने उन्हें बताया कि गाड़ी आगे नहीं जाएगी। वहाँ होटल का कमरा बुक किया गया।

होटल के बाहर कुर्सी पर बैठे प्रसाद जी से शिउली ने पूछा – चाय?

और एक कप बढ़ाते हुए खुद बैठ गई।

प्रसाद जी ने चाय उठाई। इलायची की खुशबू सीधे उनके हृदय में उतर गई। चाय से निकलता भाप शिउली के चेहरे को और भी स्मोकी बना रही थी। प्रसाद जी चाय का कप लिए शिउली को देख रहे थे। शिउली दोनों हाथों से कप पकड़े सुड़क – सुड़ककर चाय पी रही थी।

लगातार देख रहे प्रसाद जी को उन्होंने देखा। उन्होंने भौंहों को मटकाते हुए आँखों से पूछा – "क्या हुआ?"

प्रसाद जी ने ना में सिर हिलाकर पहला घूँट अंदर किया।

एक लॉन्ग ड्राइव के बाद सुहानी शाम हो, सर पर बिना बादलों को ओढ़े आसमान हो, सभी चिंताओं से दूर हो, एक मनमोहक नज़ारा हो, झूमता हुआ पेड़ हो, पेड़ पर एक पंछी हो, एक साथी हो – चाहे वो इंसान हो या फिर किताब और साथ में इलायची वाली चाय... जन्नत है जन्नत!

जन्नत है, शिउली की आवाज़ प्रसाद जी के कानों में गूंजी। वे किसी और दुनिया से वापस आए।

पूछा – "कुछ कहा आपने?"

"मैं कह रही थी कि केदारनाथ जन्नत है जन्नत। वहाँ एक शाम गुजारना जन्नत में गुजारने के बराबर है, राम जी!"

खैर, चाय खत्म हुई। खच्चर बुक कर दोनों ने चढ़ाई शुरू कर दिया।

चढ़ाई पूरी करते शाम के सात बज गए।

सामने महादेव थे, उनके पीछे कैलाश। केदारनाथ। बाहर बने चबूतरे पर कुछ लोग बैठे हैं। चाँदनी रात में आकाश नहा – धोकर शाम के घर से निकला है – एकदम साफ। चाँद ने चाँदनी का आँचल उठाकर आसपास झाँका और पग बढ़ा दिया। अपनी चाँदनी द्वारा आकाश के तन में गुदगुदाया तो शाम के चेहरे पर से लालिमा उतरती चली गई, जिसे देख तारों को भी हँसी आ गई।

शीतल हवाएँ फुनगी को काँपने के लिए मजबूर कर रही हैं। पास में अड़े – खड़े ऊँचे पहाड़ महादेव की सल्तनत की चौहद्दी हैं। कोई चिड़िया है जो परिक्रमा में लगी है, शायद गणेश बन जाय! सामने महादेव हैं प्रस्तरों के महल में विराजे। स्थिर – चाहे कोई भी प्रलय हो, हिले नहीं – सहस्रों सालों से। हिलेंगे नहीं – सहस्रों सालों तक।

महादेव के ठीक सामने बैठे थे – दोनों पैरों को घुटनों से मोड़ दोनों हाथों से घेरकर ठुड्डी से सटाये – उकड़ूँ। कढ़ाई किए पीच कलर के शॉल में शिउली और दिवंगत पत्नी द्वारा बुना नीला हाफ स्वेटर जिसमें सफेद और गुलाबी फूल बना था, को पहने रामप्रसाद।

"राम जी, आज की तारीख़ क्या है?" शिउली ने पूछा।

प्रसाद जी ने घड़ी देखा फिर जवाब दिया – "27 सितंबर।"

शिउली ने उनकी ओर देखा। बोली – "आज कुछ ख़ास है क्या?"

प्रसाद जी ने दोनों कंधे उचकाते हुए हल्का सा गर्दन और मुँह टेढ़ा कर सर हिलाया। जैसे कहना चाह रहे हों – "नहीं पता।"

शिउली (महादेव की ओर नज़रें गड़ाकर) – "आज ही हम पहली बार मिले थे, बस में। सोचिए, कितने भाग्यशाली हैं हम, पहली बार मिले तो वैष्णोदेवी में थे, आज यहाँ केदारनाथ में...।"

प्रसाद जी – "सच में। मुझे तो याद ही नहीं था। कैसे समय पंख लगाकर उड़ गया पता ही नहीं चला।"

शिउली मुस्कुरा दी। कोई जवाब नहीं दिया।

शिउली एकटक महादेव को निहार रही थी। रामप्रसाद आँखें बंद कर महादेव का दर्शन कर रहे थे। बंद आँखों से कब श्रध्दा से भरे लोर टपकने लगे पता ही नहीं चला। बहुत क़रीब थे या क़रीब जाना चाहते थे, नहीं पता। कई मिनटों तक यूँ ही स्थिर रहने के बाद जब आँख खुली तो सब कुछ निर्मल हो चुका था।

वे शिउली को निहारने लगे। बिना नज़र फेरे सामने महादेव की ओर देखते हुए शिउली पूछी – "राम जी, ऐसे क्यों देख रहे हैं?"

प्रसाद जी ने आँसुओं को आँखों की चौखट पर रोकते हुए थूक को निगला और रुँधे गले से कहा – "थैंक यू!"

इससे आगे शब्द ने साथ छोड़ दिया।

शिउली ने उनकी ओर देखा। आँखें डबडबाई हुई थी। थोड़ी मुस्कुराई और फिर कहा – "आपको तो यहाँ लाना ही था, रिश्वत जो खाई थी!"

प्रसाद जी हँस दिए।

शिउली चुप रही।

प्रसाद जी ने शिउली की तरफ़ देखते हुए पूछा – "आपको घूमना बहुत पसंद है ना?"

"नहीं, मजबूरी है।"

"कैसे", प्रसाद जी ने पूछा?

"अकेली हूँ ना... घर पर रहूँ तो आस पड़ोस के लोगों की नज़रें मुझसे बर्दाश्त नहीं होती। फिर रिश्तेदारों के ताने...", शिउली ने फिर उन्हें बिना देखे जवाब दिया, "लेकिन शुरुआत मजबूरी में की थी, अब मज़ा आ रहा है।"

प्रसाद जी चुप रह गए।

शिउली ने उन्हें देखा और पूछा - "आपको अकेलापन अच्छा लगता है राम जी?"

प्रसाद जी – "अकेलापन शौक नहीं मजबूरी होती है शिउली जी। आपको पसंद है... अकेलापन?"

शिउली ने खुले आकाश की ओर देखा और जवाब दिया – **"कैसे सहती हो यह एकांत का दर्द अपने वक्ष पर अकेले? रजनी हँसती है मेरी मासूमियत पर एक शब्द लिखकर – रवि की आस में।"** फिर उसने प्रसाद जी की ओर देखते हुए पूछा – "आप कैसे काटते हैं ये ज़िंदगी?"

प्रसाद जी ने शिउली को देखा फिर नज़रें फेरते हुए कहा – **"जब तक धर्मपत्नी थीं, घर प्रासाद था और मैं राजा। वो चली गई। सिंहासन छूटा, तो राम बन गए!"**

शिउली उन्हें देख रही थी। मन ही मन कहा – "राम प्रसाद जी! क्या वर्ड प्ले किया है...!"

"आप जब से आये हैं, ज़िंदगी काटनी नहीं पड़ती।" शिउली ने मुस्कुराते हुए कहा।

"सब महादेव जी कृपा है, शिउली जी। कब, किसको, किससे, कहाँ और किस रूप में मिलाना है ये वही तय करते हैं। हम तो निमित्त मात्र हैं। उनके इशारों पर नाचने वाले। कर्ता करे ना कर सकै शिव करे सो होय, तीन लोक नौ खण्ड में शिव से बड़ा ना कोय!"

शिउली – "हर हर महादेव...।" (कुछ देर चुप रहकर) "और बेटे?"

प्रसाद जी को ये दो शब्द विष में डुबोए तीर की भाँति आकर सीने के आरपार हो गये। उन्होंने चश्मा उतारा, शिउली की तरफ देखा और गहरी साँस छोड़ते हुए कहा – "नहीं आते। मैं उनके लिए एक देहाती आदमी हूँ जिसे ना खाने की, ना रहने की और ना ही अंग्रेज़ी में बात करने की तमीज़ है।"

शिउली ने प्रसाद जी की तरफ देखा। उनकी आँखों में आँखें डालकर मुस्कुराई और कहा – "वे आयेंगे।"

प्रसाद जी (दोनों बाहों को आपस में मोड़ते हुए) – "पता नहीं।" फिर कुछ देर चुप रहने के बाद - "एक बात पूछूँ?"

"हम्म्म! पूछिये ना, राम जी...। आपके हर सवाल का जवाब मैं दे सकती हूँ।"

"आपने शादी क्यों नहीं की?"

"कोई मिला नहीं।"

"कैसा चाहिए था आपको जो मिला ही नहीं?"

"आपकी तरह!" कहते हुए शिउली ने प्रसाद जी को देखा।

प्रसाद जी ने पूछा – "मतलब?"

"मतलब जो मेरी जिस्म की रूमानियत नहीं, रूह की रूहानियत से साक्षात्कार करे।"

"अच्छा! तो इसीलिए स्त्री को समझना इतना मुश्किल है? आखिर एक स्त्री चाहती क्या है कोई नहीं समझ सका।" प्रसाद जी ने शिउली की तरफ़ देखते हुए पूछा।

"इतना भी मुश्किल नहीं है, राम जी। स्त्री को समझना नहीं, प्रेम करना ज़रूरी है। समझने की कोशिश करियेगा तो सदियाँ बीत जाएगी। स्त्री तो बस प्रेम में डूब जाना चाहती है, बस उसे समंदर मिल जाय! उसे जो भी दो उसे वह पूरे तन – मन – धन सहित वापस कर देती है। उसे प्रेम की एक बूँद दो, वह आपको सागर दे देगी... आप उसे एक लम्हा दो, वह आपको पूरी ज़िंदगी दे देगी... आप उसे एक बूँद वीर्य दो, वह पूरी काया दे देगी और आप उसे तिनका भर नफ़रत देकर देखो, ज़िंदगी भर की अदावत दे देगी।"

प्रसाद जी ने कोई जवाब नहीं दिया। बस शिउली को निहारते रहे।

उन्हें चुप देख शिउली मुस्कुराई। बोली – "और कुछ?"

"आप इतने दिनों तक हरिद्वार में क्या कर रही थीं? और मेरे आते ही वहाँ से निकल पड़ीं?" प्रसाद जी ने पूछा।

शिउली ने अपने दोनों पैर फैला दिये। फिर पालथी मारकर बैठ गई। प्रसाद जी की आँखों में देखा फिर कहा – "आप गौर से मुझे देखिए, राम जी। क्या दिखता है आपको?"

प्रसाद जी – "आप पहले ही ठीक थीं। थोड़ी अकड़ थी, एक अदा थी और चेहरे पर रौनक थी। अब तो लग रहा है जैसे देह के साथ आत्मा भी सूख रही है..."

"कैंसर है मुझे", शिउली ने बीच में कहा।

प्रसाद जी को झटका लगा। मुँह फक से खुला रह गया। आँखें बस शिउली को देख रही थी।

"सर्विक्स कैंसर है मुझे... एडवांस स्टेज का। ट्रीटमेंट काम नहीं कर रहा। कुछ पल की शांति के लिए आई थी हरिद्वार। ख़ुद को दुनिया से दूर रखने के लिए। मुझे शांति और ख़ुशी चाहिए थी। डॉक्टर ने कहा है – शांत रहिए और खुश रहिए। इसका कोई कारगर इलाज नहीं है इस दुनिया में। शांति के लिए हरिद्वार आ गई। आप आये तो वैसे भी ख़ुशी आ गई।" (कुछ देर चुप रहने के बाद) "बहुत कम दिन है मेरे पास... एक साल... एक महीना... एक सप्ताह... या फिर उससे भी कम...। सच कहूँ तो नहीं पता कि ये साँसें कब तक मेरे साथ हैं?"

प्रसाद जी के कंठ अवरुद्ध हो गए। शब्द साँसों में ठहर गए, होंठ थर्राये, आँखें डबडबाईं, देह जड़ हो गई।

ख़ैर, जाने दीजिए, चलिए, रात हो गई है बहुत। शिउली उठते हुए बोली।

दोनों उठकर चलने को हुए। चबूतरे के नीचे उनकी चप्पल उनका इंतज़ार कर रही थी। शिउली ने टोन बदलते हुए कहा – "पता है राम

जी... इस दुनिया में चप्पल से बड़ा कोई कपल नहीं है। एक खो जाये तो दूसरे का जीवन भी ख़त्म हो जाता है।"

"हम्मम! सही कहा आपने।"

----****----

अगली सुबह उनकी गाड़ी नहीं दिखी। आसपास पता किया पर पता नहीं चला। कुछ लोगों ने बताया कि गाड़ी किसी यात्री को लेकर रात में ही निकल गई है।

"राम जी, आपने मेरा हैंडबैग देखा है क्या?" शिउली बदहवास थी। उसे कुछ सूझ नहीं रहा था। चेहरा रूआंसा हो गया। शिउली हैंड बैग को होटल के कमरे में रखना भूल गई थी। उसका हैंडबैग गाड़ी में ही रह गया था।

उस हैंड बैग में बहुत से ज़रूरी कागज़ात के साथ करीब बीस हजार रुपये भी थे। उसे शिउली ने घर वापस जाने के लिए रखा था।

शिउली एक बेंच पर धम्म से बैठ गई।

प्रसाद जी तो पहले से ही ठन – ठन गोपाल थे। अब वापस कैसे जाएँ, समझ नहीं आ रहा था।

दोनों परेशान थे।

उन्होंने होटल से सारा सामान बाहर कर लिया। अब क्या करें?

तभी शिउली ने प्रसाद जी को देखा। फिर कहा – "राम जी। आप अपने पैसे को तब तक मत निकालिएगा जब तक कि मैं ना कहूँ।"

उसे याद था कि प्रसाद जी के पास कुछ रुपये हैं, लेकिन उतना रुपया ऊँट के मुँह में जीरा ही था। दो लोगों का घर पहुँचना नामुमकिन था।

प्रसाद जी ने 'ठीक है' कहा और बस स्टैंड पर खड़े हो गए। वहाँ बस के कंडक्टर को सारा हाल कह सुनाया। कंडक्टर ने पहले दोनों को घूरा। फिर बड़ी विनती – मन्नत के बाद शिउली को गियर के पास इंजन पर और प्रसाद जी को बस के छत पर बिठा लिया। सुबह का समय था तो उतना पता नहीं चला। लेकिन बाद में धूप और धूल ने प्रसाद जी की नसें ढीली कर दी। एक तो धूल, धूप और उसपर गड्ढों में सड़क। ना पीठ पीछे कर सकते हैं, ना पैर आगे... ना तशरीफ़ को गद्दी मिली, ना गर्दन को तकिया। कुल मिलाकर पूरे शरीर की दुर्गति हो गई।

किसी तरह शाम तक वे वापस हरिद्वार आ गये। पूरे सफ़र में खाने को तो मिला नहीं, पानी पीकर ही दिन गुजार दिया। दोनों थककर चूर हो गए थे। दोनों शान्तिकुंज चले आए। वहाँ दोनों ने भंडारे में ख़ाना खाया और फिर चादर बिछाकर लेट गए। लेटते ही नींद आ गई।

सुबह हुई। दोनों स्टेशन आ गये। प्रसाद जी स्टेशन पर सीमेंट की बनी लाल कुर्सी पर बैठ गए। शिउली वहीं पास में खड़ी होकर सोच रही थी। वह इधर – उधर देख रही थी। किसी को ढूँढ़ रही थी शायद।

ट्रेन आई। दोनों ने सामान उठा लिया। शिउली एसी बोगी की तरफ़ जाने लगी। प्रसाद जी ने पूछ लिया – "आप एसी बोगी में जा रही हैं?"

शिउली – "आप चुपचाप मेरे साथ आइये, राम जी।"

दोनों एसी बोगी में चढ़ गए।

अध्याय – 05

घर वापसी

ट्रेन चल पड़ी। प्रसाद जी सहमे से, शिउली जिज्ञासु सी। शिउली एक ख़ाली सीट पर जाकर बैठ गई। सामने प्रसाद जी को बैठने का इशारा किया। प्रसाद जी सहम कर बैठ तो गए लेकिन एक भय उनके चेहरे पर दिख रहा था। वहीं शिउली निश्चिंत थी। कुछ देर के बाद टीटी आया। देखते ही प्रसाद जी ऐसे उठ गए जैसे किसी टीचर के आने से बच्चे उठ जाते हैं। शिउली ने टीटी को हेलो कहा। फिर पूरी कहानी बताई। उसने बताया कि दिल्ली तक एसी का दो टिकट बुक किया था। ऋषिकेश में। टीटी ने नाम पूछा और आईडी माँगी। शिउली ने पूरी कहानी बताई। टिकट और आई कार्ड दोनों गया। प्रसाद जी ने फट से अपनी जेब से अपना आई कार्ड निकाला। टीटी ने पहले उन्हें ऊपर से लेकर नोचे तक घूरा। फिर वोटर कार्ड देखा। शिउली के पास कोई भी आई कार्ड नहीं था। प्रसाद जी के आईडी से उसने यात्रा की अनुमति दे दी। शिउली ने ऋषिकेश में दोनों का टिकट बुक कर लिया था। दोनों अपनी – अपनी सीट पर बैठ गए।

दोपहर तक वे नई दिल्ली स्टेशन पहुँच गए। ट्रेन से उतरकर शिउली बाहर निकलने लगी। प्रसाद जी को कुछ समझ नहीं आ रहा था। उन्होंने फिर पूछा – "शिउली जी, अब कहाँ जा रही हैं आप?"

शिउली ने कोई जवाब नहीं दिया। बस अपना बैग उठाकर चलती रही।

प्रसाद जी को अभी भी समझ नहीं आ रहा था कि शिउली जा कहाँ रही है? अगर हावड़ा जाना था तो फिर दिल्ली क्यों आई? और जब दिल्ली आ ही गई है तो फिर स्टेशन से बाहर क्यों जा रही है? कहीं ऐसा तो नहीं कि वो कलकत्ता जा ही नहीं रही हो?

उन्होंने पूछ ही लिया – "अब आप मुझे सही – सही बताइए कि आप जा कहाँ रही हैं?"

"एयरपोर्ट", शिउली ने फुट ओवरब्रिज की पहली सीढ़ी पर कदम रखते हुए कहा।

"एयरपोर्ट? एयरपोर्ट क्यों? नहीं, मेरा मतलब है कलकत्ता जा रही हैं या नहीं? मेरा ये सवाल था।"

"राऽम जी, कलकत्ता ही जा रही हूँ मैं। आप चलेंगे?"

"नहीं। बहुत दिन हो गया मुझे घर से बाहर। आप जाइए कलकत्ता, मैं यहाँ से घर चला जाऊँगा।"

"कैसे जाएँगे आप? ट्रेन है आज आपकी? (कुछ देर रुककर) चलिए पता करते हैं... आपकी ट्रेन है कि नहीं?"

प्रसाद जी ने कुछ नहीं कहा। पीछे – पीछे चलने लगे। आगे – आगे शिउली, पीछे – पीछे प्रसाद जी। पूछताछ में जाकर ट्रेन का पता किया। शाम से पहले कोई ट्रेन नहीं थी। शिउली बाहर आ गई। प्रसाद जी भी पीछे – पीछे। बाहर निकलते ही शिउली एयरपोर्ट की बस की तरफ़ लपकी।

प्रसाद जी – "अरे शिउली जी, आप तो चली जायेंगी कलकत्ता। मैं कहाँ जाऊँगा?"

शिउली – "मुझे नहीं पता। मैंने दोनों के टिकट बुक करवाये हैं। आपको आना है?" कहते हुए वह बस पर चढ़ गई।

प्रसाद जी को फिर अपनी ख़ाली जेब याद आ गई। कोई चारा नहीं था। चढ़ गये बस में। शिउली ने उन्हें समझाया – "आप अपना मुँह बंद रखियेगा राम जी। नहीं तो हम फँस जाएँगे। और फिर जा भी नहीं पायेंगे कलकत्ता।"

प्रसाद जी मान गए।

दिल्ली की बस। जाम से रेंगती गाड़ियाँ। दोपहिया से ज़्यादा चारपहियों का साम्राज्य। सभी अपने – अपने गंतव्य की ओर। जितनी गाड़ियाँ उतने हॉर्न और उतना ही ट्रैफिक जाम। कहीं – कहीं मेट्रो के लिए खुदाई और ढलाई का काम चल रहा था।

वैसे तो दिल्ली को बहुत तेज माना जाता है लेकिन ट्रैफिक में उसकी गति बहुत धीमी हो जाती है। खिड़की वाली सीट पर बैठी शिउली और बग़ल में बैठे प्रसाद जी। कभी – कभी सर खिड़की से बाहर निकालकर देखती फिर अंदर कर लेती। धूल थी ही इतनी।

प्रसाद जी चुपचाप दोनों बाँहों को आपस में मोड़कर सामने की ओर देख रहे थे। एक जगह पर बस रुकी। एक आदमी चढ़ा। उसके हाथ में किताबें और बड़ी – बड़ी कलमें थीं।

वह चिल्ला रहा था – "कलम ले लो, किताब ले लो मात्र पाँच रुपये में!"

प्रसाद जी ने उसे बुलाया। एक कलम माँगा। उसे देखा। हाथ भर का था – लिखो – फेंको वाला। फिर किताबें देखीं – नागिन का बदला,

इच्छाधारी नागिन, नागमणि, भूतिया हवेली, श्रीकृष्ण लीला, जनरल नॉलेज, कौन क्या है, इंग्लिश स्पीकिंग वगैरह – वगैरह। प्रसाद जी कुछ किताबों को उलट – पलटकर देखने लगे। फिर उनकी नज़र बगल में बैठी शिउली पर गई। वह उन्हें पहले से ही घूर रही थी। प्रसाद जी ने चुपचाप किताबें वापस कर दी। कुछ देर में किताब वाला उतर गया। बस बढ़ गई।

लगभग डेढ़ घंटे लग गए उन्हें एयरपोर्ट पहुँचने में। रात आठ बजे की फ्लाइट थी। अभी साढ़े चार बज रहे थे। दोनों एयरपोर्ट की ओर जाने लगे।

एक नंबर टर्मिनल के मुख्य द्वार पर द्वारपालों ने रोक लिया – "सर, टिकट प्लीज़!"

प्रसाद जी ने फिर शिउली की तरफ़ देखा।

शिउली – "टिकट नहीं है।"

"तो आप क्यों जा रहे हैं अंदर?" द्वार पर खड़े सीआईएसएफ के जवान ने पूछा।

"कलकत्ता जाना है। आठ बजे की फ्लाइट है मेरी।" शिउली का जवाब था।

"और सर, आपका?"

"आई मीन, हमारी।" शिउली ने गलती सुधारते हुए कहा।

"तो टिकट दिखाइए मैडम आप।"

"बोली ना नहीं है।"

"तो आप नहीं जा सकते अंदर, सॉरी!"

"देखिए, मेरा पर्स खो गया है। उसी में हमारा टिकट, सारे कागज़ात और पैसे थे। मेरे पास और कोई रास्ता नहीं हैं। प्लीज़, हमें जाने दें।"

"आप आई कार्ड दिखाइए, मैं चेक कर लेता हूँ", सीआईएसएफ के जवान ने कहा।

"अरे भाई, जब बैग ही खो गया तो आई कार्ड कहाँ से मिलेगा?" शिउली ने जवाब दिया।

"सॉरी मैडम", मैं कुछ नहीं कर सकता।

"क्यों नहीं कर सकते, आपको ही कुछ करना होगा", शिउली ने उखड़ते हुए कहा।

वहाँ का नजारा देखते हुए सीआईएसएफ के और भी जवान आ गए। उन्होंने दोनों को समझाने की कोशिश की। नहीं माने। बाद बिगाड़ता देख सीआईएसएफ के ऑफिसर आ गये। उन्होंने दिल्ली पुलिस को बुला लिया। शिउली मिन्नतें करती रह गई। गेट के अंदर घुसने ही नहीं दिया गया। पुलिस आ गई। दोनों को उठाकर ले गई। ससुराल!

----****----

थाने में –

"हाँजी मैडम, क्या नाम है आपका?" वहाँ बैठे इंस्पेक्टर ने पूछा।"

इंस्पेक्टर लंबा और हट्टा – कट्टा था। छह फीट से एक – दो इंच ही कम होगा। चेहरे पर बड़ी – घनी मूँछें रौब को बढ़ा रही थी। दाढ़ी आज ही बनवाई थी लग रहा था।

"शिउली... शिउली मुखर्जी।" शिउली जो प्रसाद जी के साथ कोने में बैठी थी, ने जवाब दिया।

"और आपका महाशय जी?"

प्रसाद जी ने कोई जवाब नहीं दिया।

इंस्पेक्टर (शिउली की तरफ़ देखते हुए) - "ये बोल नहीं सकते क्या?"

शिउली चुप रही।

"अच्छा! तो आप इस गूँगे तो कहाँ लेकर घूम रहे हो? ये तुम्हारा क्या लगते हैं?"

शिउली ने फिर कोई जवाब नहीं दिया।

प्रसाद जी कभी इंस्पेक्टर को देखते तो कभी शिउली को। चुपचाप।

"ठीक है, चलो इस महाशय से नहीं पूछता हूँ, आप ही बता दो, क्या रिलेशन है दोनों के बीच?"

फ्रेंड... फ्रेंड हैं हम दोनों", शिउली ने इंस्पेक्टर को जवाब दिया।

"फ्रेंडs? हा... हा... हा...। उमर देखी है आपने? ये उमर होती है दोस्ती की?" इंस्पेक्टर के साथ और भी पुलिसवाले हँस पड़े।

"भई साब! दोस्ती, कुश्ती, शौक और मस्ती उमर देख के किया जाता है", एक पुलिसवाले ने कहा।

प्रसाद जी ने नज़रें झुका लीं।

इंस्पेक्टर ने आगे कहा – "अच्छा बताओ, तो कहीं जाने का प्लान था या फिर साथ भागने का?"

शिउली – "जी नहीं।"

"तो फिर बिना टिकट कहाँ जा रहे थे? इतनी जल्दी क्या है? घरवालों को पता है कि आप दोनों इधर दिल्ली में दिल्लगी कर रहे हो?"

"जी नहीं", शिउली ने जवाब दिया।

"अच्छा! वही तो... घरवालों को पता नहीं। और ये दोनों लैला मजनूँ दिल्ली में घूम रहे हैं! बड़ी थ्रिल करनी है क्या? इस उम्र में क्या चिल करोगे दोनों? उमर भी चली गई।" इंस्पेक्टर फिर हँसा।

शिउली ने कोई जवाब नहीं दिया।

"चलो – चलो घर का फ़ोन नंबर दो। बताता हूँ उनको भी आपके कारनामे।"

शिउली – "मैं अकेली हूँ। मेरे घर पर सिर्फ़ नौकर आता है वह भी काम कर के चला गया होगा।"

"अच्छा! शादी नहीं की है?" इंस्पेक्टर ने कुर्सी पर पीछे पीठ रखते हुए पूछा।

शिउली ने नज़रें नीची कर ली।

"और इनका? इनका भी कोई नहीं है क्या?" इंस्पेक्टर ने पूछा।

"दो बेटे हैं। विदेश में रहते हैं।"

"और लुगाई?" इंस्पेक्टर का अगला सवाल था।

"नहीं हैं।"

"ओऽ! इसीलिए दोनों साथ में मौज कर रहे हो?" (फिर ऊँची आवाज़ में) "बुलाओ घरवालों को। नहीं तो यहाँ से जाने नहीं दूँगा। बहुत जवानी चढ़ी है दोनों को। भेजता हूँ जेल", इंस्पेक्टर कड़क आवाज़ में दहाड़ रहा था।

शिउली मिन्नतें करती रह गई। फ्लाइट छूट गई तो कोलकाता जाना मुश्किल हो जाएगा। लेकिन इंस्पेक्टर साहब नहीं माने।

दोनों को कोई रास्ता नहीं सूझ रहा था।

रात हो गई। फ्लाइट छूट गई।

शिउली और प्रसाद जी को भूख लगी थी। शिउली और प्रसाद जी के लिए दाल और चार सूखी रोटियाँ मंगाई गई। दाल में दाल नहीं, नमक नहीं बस पानी था। रोटी दाँतों से कट जा रही थी वही गनीमत थी। स्वाद तो था नहीं, लेकिन भूख तो थी। दोनों ने पहली बार ऐसी रोटियाँ खाई थी।

एक तो बिस्तर नहीं, ऊपर से मच्छर। नींद आए कहाँ से?

दोनों ने अपने - अपने थैले से चादर निकाला और ओढ़कर बैठ गए।

मच्छरों का अलग ही पुराण है। आप भारत के किसी भी कोने में चले जाइए, ये महाशय मिल ही जाएँगे। संगीतज्ञ भी कमाल के होते हैं। कभी किसी खुली जगह पर किसी शाम बैठकर देखिए। कानों में राग मल्हार, भैरवी तो कभी पूरिया, तो कभी बागेश्री की मधुर धुन सुनाई ना दे तो कहना। अब हैं तो ये कलाकार और कलाकार को चाहिए क्या - थोड़ा प्यार और थोड़ी सी इज्जत! लेकिन ये? ये प्यार और इज्जत ना माँगे। ये तो खून माँगे खून! अब कलाकारी दिखाई है तो कुछ तो चाहिए ना?

अच्छा, ये भी कहा जाता है कि कलाकारों की चमड़ी बहुत पतली होती है। कोई भी बात इन्हें बड़ी जल्दी लग जाती है। लेकिन इन मच्छरों की कुछ ज़्यादा ही पतली होती है। हल्की सी चोट में जन्नत कूच कर जाते हैं। बेचारे मच्छर! लेकिन जाते – जाते अपना कर्ज़ चुकाना नहीं भूलते। आपके हाथों में आपका खून सौंप कर जाते हैं। हाय रे मानव! तुम्हें उन्हें मारने में जरा भी शरम, मोह, दर्द, पीड़ा नहीं हुई? दिल नहीं धिक्कारा, हाथ नहीं काँपे? लानत है ऐसी ज़िंदगी पर। अब मधुर संगीत का रस तुम्हारे कानों में कौन घोलेगा?

सुबह हुई। इंस्पेक्टर साहब अपनी कुर्सी पर बैठे ऊँघ रहे थे। उनकी दोनों टाँगे टेबल पर आराम फरमा रही थी। दाहिनी वाली बायीं के ऊपर चढ़कर लेटी थी। चेहरे को टोपी से ढँक कर रखा था ताकि रोशनी आँखों में ना पड़े। उसी समय बारह साल का छोटू चाय लेकर घुसा। उसकी आवाज़ से इंस्पेक्टर की नींद खुली। इंस्पेक्टर ने दोनों को चाय के लिए पूछा। प्रसाद जी तो गूँगे थे। ऊँकडू होकर बैठे चुपचाप कातर नज़रों से देख रहे थे इंस्पेक्टर को। शिउली पालथी मारकर बैठी थी। चाय जब आया तो प्रसाद जी आँखों में चमक आ गई। उन्होंने झट से चाय के गिलास के लिए हाथ बढ़ा दिया। शिउली ने भी चाय का गिलास ले लिया। लंबवत् रेखाएँ नीचे से शुरू होकर आधे पर ख़त्म होती हुई एक डिज़ाइन बना रही थी जो होटल के गिलास की खास पहचान थी। 100 मिली की कैपेसिटी वाला काँच का गिलास आधा भरा हुआ था। इंस्पेक्टर के कहने पर छोटू ने उन्हें चार – चार पारले जी का बिस्कुट भी दिया।

प्रसाद जी ने बिस्कुट डाला। चुबुक से अंदर। बिस्कुट ने अपना आधा अस्तित्व चाय में मिला लिया। आधे बचे बिस्कुट को उन्होंने ऐसे निहारा जैसे उसका हमदर्द हो। अब उस बिस्कुट को निकालने

के लिए प्रसाद जी ने दूसरा बिस्कुट डाला। चाय गरम थी। पहले वाला टुकड़ा बाहर आता दिखा। तभी दूसरा वाला भी चुबुक। सच में, इस दुनिया का सबसे बड़ा रेस्क्यू है चाय में डूबे बिस्कुट को दूसरे बिस्कुट से निकालना। ये रेस्क्यू जितना बड़ा है उतना ही ख़तरनाक भी। सबसे बड़ा ख़तरा है दूसरे बिस्कुट की जान का। इसे बहुत एक्सपर्ट लोग ही सही तरीक़े से अंजाम दे सकते हैं और अपने प्रसाद जी तो एक्सपर्ट थे नहीं। तो बस, हो गया खेला। डूब गया दूसरा वाला पारले जी भी। अब लोग बाग ये कहेंगे कि दूसरे वाले बिस्कुट को प्यार हो गया था इसलिए पहले वाले के प्यार में डूब गया! लो, ये कोई बात थोड़े ना हुई?

शिउली सारा नज़ारा देख रही थी। प्रसाद जी ने बड़ी बेबसी से शिउली को देखा। शिउली ने उन्हें देखा। नज़रें मिली। दो और दो चार। हँसी छूट गई। कुछ कहा नहीं। बड़ी मुश्किल से ख़ुद को रोका। बस उनकी ओर चाय बढ़ा दिया। प्रसाद जी ने मना कर दिया। फिर शिउली ने उनकी ओर दो बिस्कुट बढ़ाया। अरे हाँ, सांत्वना हेतु। प्रसाद जी ने शिउली को ऐसे देखा जैसे बोल रहे हों, नहीं मैं ठीक हूँ। सब चंगा है। वैसे ही जैसे कोई बच्चा साइकिल से गिर जाये और उसके घुटने छिल जाए तो सामने वाला उसे सहारा देकर बोले – ज़्यादा लगी तो नहीं? और बच्चा बोले – अरे नहीं, सब ठीक है। मुझे कुछ नहीं हुआ है। बच्चा का चेहरा रोआँसा है, दर्द भयंकर हो रहा है। दर्द छुप नहीं रहा लेकिन अपनी भी तो इज़्ज़त है ना भाई? कैसे बोल दे कि चोट लगी है और जोर से लगी है। जबकि सामने वाले को भी पता है कि चोट लगी है लेकिन करें भी तो क्या? वही बच्चा घर पहुँचकर माँ के आँचल में छिपकर दहाड़ें मारकर रोने लगता है।

कमोबेश वही हाल प्रसाद जी का भी था। चेहरा रोआँसा होकर रह गया। अब रो तो सकते नहीं थे। यह बात शिउली को भी पता थी। लेकिन करें भी तो क्या? ख़ैर, प्रसाद जी ने अपने अन्दाज़ में चाय पीना शुरू कर दिया। सुड़क – सुड़क... आsssह! शिउली को फिर पहली मुलाक़ात याद आ गई। याद कर मुस्करा दी बस। पाँच मिनट में खाली गिलास कोने में पड़ा था। जिस तरह से कुछ लोगों का दिमाग खैनी से चलता है, उसी तरह शिउली का दिमाग चाय से चलता था। घड़ी में साढ़े आठ बज रहे थे। वह उठी। इंस्पेक्टर के पास गई। वह अभी भी ऊँघ रहा था।

शिउली टेबुल के दूसरी तरफ़ खड़ी हो गई।

आवाज़ दिया – "सर! सर?"

"क्या है", इंस्पेक्टर ने कड़क आवाज़ में पूछा?

शिउली – "आपसे कुछ बात करनी है।"

"अब नाश्ता भी चाहिए? नहीं मिलेगा। अब जाकर बैठ जाओ नहीं तो हाजत में डाल दूँगा।"

"नहीं, सर! वो बात नहीं है।"

"तो?"

"आप इतने हैंडसम हो... क़द काठी भी ठीक है। मूँछों का तो जवाब नहीं... एक्चुअली आप पुलिस के लिए परफेक्ट हो!"

इतना सुनना था कि इंस्पेक्टर ने चेहरे से टोपी हटाया। मूँछों पर दाहिने अंगूठे और तर्जनी को फेरा। वह कुछ कहता, शिउली ने अपना अगला पासा फेंका – "आपकी शादी हो गई है?"

"आपको क्या लगता है?"

"लगता तो नहीं है।" शिउली ने तपाक से जवाब दिया।

"हो चुकी है। दो बच्चे हैं। एक बेटी सात साल की है और एक चार साल का बेटा भी है।"

"अच्छा! बच्चे भी हैं? कितनी अच्छी बात है ना? आप यहाँ परिवार के साथ रहते हैं?"

"नहीं। वे घर पर रहते हैं।"

"घर में तो सभी रहते हैं, शिउली बुदबुदाई।" फिर कहा – "सर, आप दिल्ली से हैं?"

"नहीं, राजस्थान, सीकर से। लेकिन ये सब क्यों पूछ रही हो?" इंस्पेक्टर ने तेज आवाज़ में कहा।

"सर, आप परिवार से बहुत प्यार करते हो ना?"

"हाँ, तो? कौन अपने परिवार से प्यार नहीं करता?" इंस्पेक्टर ने खीझते हुए कहा।

"वही तो सर... कौन अपने परिवार से प्यार नहीं करता? आपके बच्चे आपको फोन करते होंगे... आप त्योहार में उनसे मिलने जाते होंगे... कितना अच्छा है ना सर?" शिउली ने अमोघ अस्त्र छोड़ा।

इंस्पेक्टर तनकर बैठ गया। उसने अपने परिवार को याद किया – "इस पुलिस की नौकरी में छुट्टी कहाँ? जब पूरा देश त्योहार मानता है तब वे ड्यूटी पर होते हैं।"

शिउली को ये बात पता थी कि पुलिस की नौकरी में छुट्टियाँ नहीं होती। चाहे कितना भी कर लो, लोग पुलिस वाले को नीची नज़रों से ही देखेंगे। बहुत थैंकलेस जॉब होती है।

"आप कहना क्या चाहती हो?" इंस्पेक्टर ने पूछा।

शिउली (प्रसाद जी की तरफ़ देखते हुए) – "सर, इन्हें देख रहे हैं? दो बेटे हैं इनके। दोनों इंजीनियर। विदेश में सेटल। पत्नी गुजर गई। ये बोल नहीं सकते। पड़ोसी हैं मेरे। इनकी इच्छा थी केदारनाथ घूमने की। बेटे पूछते नहीं। मैंने इन्हें केदारनाथ घुमाया। केदारनाथ में हमारा पर्स चोरी हो गया। उसमें पैसे, टिकट, कागजात सभी कुछ था। अब फ्लाइट छूट गई। कैसे जाऊँ समझ नहीं आ रहा।" कहते – कहते शिउली का गला भर गया। आगे शब्द नहीं फूटे। कंठ अवरुद्ध हो गए।

इंस्पेक्टर का दिल नहीं पसीजा।

शिउली ने ख़ुद को सम्भालते हुए आगे कहा – "सर, मुझे कैंसर है। मुझे ख़ुद नहीं पता मैं कितने दिनों की मेहमान हूँ। मेरे ट्रीटमेंट का अगला साइकिल अगले सप्ताह है। अगर कीमोथेरेपी सही समय पर ना हो तो ट्रीटमेंट और भी ज़्यादा मुश्किल हो जाता है। आप चाहें तो मेरे डॉक्टर से बात कर सकते हैं।"

कैंसर की बात सुन इंस्पेक्टर का दिल थोड़ा पसीजा लेकिन वह यूँ ही झाँसे में आने वाला नहीं था। बोला – "ठीक है कराओ।"

"सर, उनका फ़ोन नंबर मेरे पर्स में था। वो तो गुम हो गया। अगर आप कहें तो मैं पहले अपने घर में बात कर लेती हूँ फिर वहाँ से डॉक्टर का नंबर लेकर आपसे बात करा दूँगी।"

"कल तो आप बोल रही थी कि आपके घर में कोई नहीं है?"

"सर, वो नौकर है ना? आ गया होगा अभी तक। वह सुबह सात बजे आ जाता है और शाम छः बजे चला जाता है।"

शिउली ने अपने घर पर फोन कर डॉक्टर का नंबर लिया। इंस्पेक्टर ने डॉक्टर को कॉल किया। शिउली झूठ नहीं बोल रही थी।

इंस्पेक्टर (शिउली से) – "आपको कैंसर है? पहले बताना चाहिए था ना? अरे सलीम, छोड़ दो दोनों को।" उसने चौकीदार को आवाज़ दिया।

दस मिनट के अंदर दोनों के हाथ से हथकड़ी खुल चुकी थी। शिउली ने इंस्पेक्टर को धन्यवाद कहा और बाहर आ गई।

लगभग एक किलोमीटर पैदल चलने के बाद शिउली एक खोमचे वाले के पास रुकी। वहाँ छोला – भटूरा ऑर्डर किया। प्रसाद जी भी मगन से खाने लगे।

"अब तो मुँह खोलिए राम जी", शिउली ने एक कौर अपने मुँह में ठूँसते हुए कहा।

"आsss...", प्रसाद जी ने पूरा मुँह खोल दिया।

शिउली की हँसी छूट गई।

"अरे राम जी, मुँह खोलना मतलब कुछ बोलने को कह रही हूँ। आप भी ना... हुँह... कुछ भी!"

"अच्छा! कुछ बोलने को कह रही थी क्या? आपने क्या कहा उस इंस्पेक्टर से?" शिउली से प्रसाद जी ने पूछा।

"थोड़ी तारीफ़ की, थोड़ा दुखड़ा रोई... बस हो गया काम!"

"हाँ, लेडीज होने का यही तो फ़ायदा है", प्रसाद जी ने एक चम्मच छोला मुँह में डालते हुए कहा।

"इसलिए तो बोलती हूँ, साथ रहिए मेरे, फ़ायदे में रहेंगे।" शिउली मुस्कुरा रही थी।

प्रसाद जी भी मुस्कुरा दिए।

खाना खाने के बाद दोनों बस से वापस स्टेशन आ गए – नई दिल्ली जंक्शन।

दोनों स्टेशन के अंदर आ गए। वहाँ ट्रेन का पता किया।

शाम लगभग साढ़े पाँच बजे की ट्रेन थी। पूर्वा एक्सप्रेस।

जंक्शन के बाहर एक एसटीडी बूथ से शिउली ने फोन लगाया – "हेलो! दादा? आमी बोलछी। आमी काल के एसे जाबो। पूर्वा थिके। आमार साते एक जन फ्रेंडो आच्छे। (हेलो! भैया? मैं बोल रही हूँ। मैं कल आ जाऊँगी। पूर्वा से। मेरे साथ एक फ्रेंड है)।"

शिउली बाहर निकली। प्रसाद जी से पूछी – "आपको करना है फोन?"

प्रसाद जी ने ना में जवाब दिया। प्रसाद जी टिकट लेना चाहते थे। शिउली ने मना कर दिया।

बोली – "प्रसाद जी पैसे को बचाकर रखिए। आप अपने बचे हुए पैसे मुझे दे दीजिये।"

प्रसाद जी ने बचे हुए पैसे शिउली को दे दिये। पैसे को शिउली ने ब्लाउज के भीतर छिपाया और चल पड़ी स्टेशन के भीतर। दोनों

प्लेटफार्म पर एक पेपर बिछाकर ट्रेन का इंतज़ार करने लगे। अभी भी ट्रेन के आने में पाँच घंटे से ज़्यादा का समय था।

शिउली ने बातचीत आरंभ किया – "अच्छा राम जी, अगर हम जवाँ होते तो ऐसे घूम सकते थे क्या?"

प्रसाद जी ने शिउली को देखा। बोले – "कैसे? प्रेमी जोड़े की तरह?"

"हाँ", शिउली का जवाब था।

"पता नहीं, लेकिन ऐसा लगता जैसे घर से भागे हों और घरवाले तो अभी तक पुलिस कंप्लेन कर चुके होते।"

"राम जी, आप हर वक़्त इतना नेगेटिव क्यों सोचते हैं? आप जरा सोचिए। आप 22- 23 साल के और मैं 19-20 साल की। मैं दूसरे कॉलेज की और आप दूसरे शहर के किसी कॉलेज के। दोनों कॉलेज की टूर में गए हैं। वहीं हम दोनों मिले। फिर चिट्ठियों से बात होने लगी। प्यार का परवान ऐसा चढ़ा कि भाग गए दोनों घर से।"

"फिर", प्रसाद जी ने बीच में टोका?

"फिर क्या? हम दोनों ऐसे ही नई दिल्ली जंक्शन में एक प्लेटफॉर्म पर बैठे हैं। ऐसे क्या? अब आगे का आप सुनाइए।"

"क्या?"

"कहानी और क्या?"

"मुझे कहानी नहीं आती। और वैसे भी ये कल्पना है, हकीकत नहीं।" प्रसाद जी ने दो टूक जवाब दिया।

शिउली – "कभी – कभी इन्हीं हरकतों पर ग़ुस्सा आता है मुझे। मैं किसी और मोड में रहती हूँ और आप पूरा मूड ही ख़राब कर देते हैं..., हुँह।" शिउली ने मुँह बनाया।

प्रसाद जी ने कोई जवाब नहीं दिया। उठे और कुछ देर में चाय – बिस्किट लेकर आ गए। हाँ कुछ रुपये अपने पास भी रखा था उन्होंने। सारे पैसे शिउली को थोड़े ना दे देते।

चाय देखते ही शिउली का मूड ठीक हो गया।

चाय – बिस्कुट लिया।

चाय का पहला घूँट अंदर लेते हुए शिउली ने प्रसाद जी को देखा। वे पहले से ही उसे देख रहे थे। उनके बाएँ हाथ मे चाय का कप और दाहिने में बिस्कुट था। शिउली ने बिस्कुट का टुकड़ा मुँह में लेते हुए कहा – **"किसी में ज्यादा डूबो न राम जी तो टूटना पड़ता है..."**

इसी बीच राम जी के हाथ में रखी चाय से गीला हुआ बिस्कुट फिर से चुबुक से उसमें डूब गया।

शिउली ने अपनी बात जारी रखते हुए कहा – **"अब इस बिस्कुट को ही ले लीजिए।"**

प्रसाद जी मुस्कुरा दिए। शायद उन्हें थाने वाली घटना याद आ गई थी।

फिर सुस्ताने लगे। प्रसाद जी कुर्सी पर लेट गए। शिउली बिछे हुए अख़बार पर ही बैग का तकिया बना लेट गई।

ट्रेन अपने नियत समय पर आई। दोनों स्लीपर कोच में चढ़ गए। एक खाली सीट पर जाकर बैठ गए। ट्रेन अपने नियत समय पर चली।

शिउली टीटीआई की राह देख रही थी। आधे घंटे बाद एक टीटीआई उनको दिखा। वह सबसे पहले उसके पास गई और सारा वाकया सुना दिया। टीटीआई मानने को तैयार ना था।

शिउली ने फिर अपना ब्रह्मास्त्र छोड़ा – "सर, ये प्रसाद जी मूक बधिर हैं... मैं कैंसर मरीज़ हूँ... मुझे ट्रीटमेंट के लिए कलकत्ता जाना है लेकिन पैसे चोरी हो गए।"

फिर अपने बैग से सारे रिपोर्ट टीटीआई को दिखाए।

टीटीआई का दिल पसीजा। एक सीट उन्हें दे दी। दोनों ने उसे आरएसी की तरह इस्तेमाल किया।

प्रसाद जी – "जब आपके पास सारा रिपोर्ट है तो फिर आपने इसे थाने में क्यों नहीं दिखाया?"

शिउली मुस्कुराई। बोली – "ये रिपोर्ट है, लेकिन इसमें थेरेपी के अगले साइकिल का डेट नहीं लिखा है। अगर मैं इसे वहाँ दिखाती तो शायद उन्हें विश्वास नहीं होता। पुलिसवाले हैं ना...। इसलिए सीधा डॉक्टर से ही बात करवा दी।"

प्रसाद जी शिउली के जवाब से संतुष्ट दिखे।

रात हुई। लगभग दस बजे प्रसाद जी नीचे उतरे। कानपुर जंक्शन। स्टेशन से खाने को लिया। ऊपर जैसे ही लेकर चढ़ रहे थे, उन्हें वही टीटीआई दिखाई दे दिया। वे नीचे ही रह गए। ट्रेन आगे बढ़ गई। प्रसाद जी पीछे की बोगी में चढ़े। शिउली को चिंता हुई। थोड़ी देर तक इधर – उधर देखने के बाद बेचैन हो उठी।

तभी थोड़ी देर बाद उसके सामने अण्डा बिरयानी और पानी बोतल के साथ प्रसाद जी प्रकट हुए।

दोनों को भूख लगी थी। दोनों ने भरपेट भोजन किया। फिर सो गये।

सुबह नींद खुली। ट्रेन मुगलसराय पहुँच चुकी थी। दोनों ने चाय पिया। फिर शिउली ने पैसे गिने। अस्सी रुपये बचे थे। शिउली ने पूछा – "राम जी, अगर आज नाश्ता ना करें तो चलेगा?"

प्रसाद जी ने कहा – "मैं अगर ख़ाना न खाऊँ तो भी रह लूँगा।"

"ठीक है तो फिर आज का नाश्ता कैंसिल। चलिए मेरे साथ कलकत्ता, वहाँ आपको अच्छा वाला नाश्ता कराऊँगी।"

प्रसाद जी मुस्कुरा दिये। ट्रेन अपनी रफ़्तार से बढ़ रही थी। दोपहर में ट्रेन आसनसोल पहुँची। वहाँ दोनों ने ख़ाना खाया। अब उनके पास मात्र दस रुपये बचे थे।

शिउली – "राम जी, इस दस रुपये में पहुँच जाएँगे, कलकत्ता?"

प्रसाद जी – "आप अगर चाहें तो ज़रूर।"

शिउली हँस दी। प्रसाद जी निहारते रहे।

शिउली – "ये अब चाय के पैसे हैं बस।"

प्रसाद जी ने हाँ में सर हिलाया।

शिउली – "आप ऐसे क्यों मुझे देख रहे हैं?"

प्रसाद जी – "हँसती हुई अच्छी लगती हैं आप। ऐसे ही हँसते रहा कीजिये।"

"अच्छा! तारीफ़ कर रहे हैं? अच्छी बात है। वैसे हँसता हुआ हर कोई अच्छा लगता है। आप भी हँसिये। (कुछ रुककर) वैसे आपको मेरी क्या चीज़ अच्छी लगती है?"

"हँसी। जब आपके होंठ पूरा खुल जाते हैं और दाँत दिखते हैं तब।"

"हें! दाँत?"

"हाँ। और उसके बाद आँखें। बड़ी – बड़ी।"

शिउली शरमा गई। दूसरी तरफ़ ताकने लगी।

प्रसाद जी – "और मेरी कौन सी चीज़ आपको अच्छी लगती है?"

"आपकी सिम्प्लिसिटी", शिउली ने तपाक से जवाब दिया।

"अच्छा। हम्म्म!" कहते हुए प्रसाद जी पानी पीने लगे।

ट्रेन भाग रही थी।

वर्धमान में उन्होंने फिर से चाय पिया।

शिउली – "आपको चाय कितना पसंद है?"

प्रसाद जी (सुड़कते हुए) – "आपके जितना।"

शिउली के चाय पीते – पीते अचानक से ही चाय शिउली की नाक में चढ़ गयी।

आधा चाय मुँह से और बाकी नाक से निकल गया।

रूमाल से पोंछते हुए बोली – "मतलब जितना मुझे पसंद करते हैं उतना ही इस चाय को भी?"

प्रसाद जी – "अरे नहीं, नहीं। मेरा वो मतलब नहीं था।"

"तो?"

"मेरा मतलब था कि जितना आप चाय को पसंद करती हैं उतना ही मैं भी उसे करता हूँ।"

"अच्छा।" कहते हुए शिउली बची हुई चाय पीने लगी।

प्रसाद जी ने भी अपनी चाय खत्म की।

लगभग साढ़े पाँच बजे ट्रेन हावड़ा स्टेशन पहुँची। वहाँ प्लेटफॉर्म के पास पहले से ही एक लाल रंग की कार लगी हुई थी।

प्रसाद जी ने देखते ही कार को पहचान लिया। इसी कार को उन्होंने शिउली के आंगन में देखा था।

ड्राइवर पहले से ही उनका इंतज़ार कर रहा था। शिउली को देखते ही उसकी तरफ लपका। दोनों को नमस्कार किया और सारा सामान कार की डिक्की में डाल दिया।

इसी बीच शिउली और प्रसाद जी कार में बैठ चुके थे। ड्राइवर ने डिक्की बंद किया और ड्राइविंग सीट पर बैठकर गाड़ी को स्टेशन से बाहर निकाल दिया।

स्टेशन के बाहर रोज की भांति भीड़ थी। पहले टैक्सियों का रेला और छिटपुट कारें। वहाँ से थोड़ा आगे बढ़ने पर बसें। स्टेशन से हावड़ा ब्रिज तक आने में ही 20 मिनट से अधिक समय लग गया। हालाँकि उसके बाद कार ने रफ्तार पकड़ ली।

अध्याय – 06

कलकत्ता

आधे घंटे में कार घर पर थी। शिउली ने उतरकर प्रसाद जी को बाहर आने को कहा। प्रसाद जी बाहर आये। वहाँ शिउली का नौकर (जिसको दिल्ली से फ़ोन कर आने की सूचना दी थी) के अलावा किरायेदार का परिवार भी था। प्रसाद जी उसके परिवार को देखते ही पहचान गए। कुछ पल के लिए महिला से उनकी नज़रें चार हुई। प्रसाद जी झेंप गए। नज़रें नीची कर ली। महिला ने कोई प्रतिक्रिया नहीं दी। उसकी बेटी मुस्कुरा रही थी। बच्चा माँ के पल्लू में छुप रहा था।

शिउली जब अंदर की ओर बढ़ने लगी तो महिला ने बांग्ला में शिउली से कहा कि अभी कुछ देर पहले डाकिया कुछ देकर गया है।

शिउली कुछ देर सोची – "क्या हो सकता है?"

उसे समझ नहीं आया। उसने पार्सल को अपने कमरे में भेजने को बोलकर प्रसाद जी को ऊपर वाले कमरे में ले गई।

कमरे के बाहर प्रशस्त बालकनी। उसके किनारे पर लोहे की तीन फीट ऊँची रेलिंग और रेलिंग में ही गमले। गमलों में रंग – बिरंगे फूल और मनी प्लांट अपने क्षेत्र को सुशोभित करने में कोई कसर

नहीं छोड़ रहे थे। बालकनी के ठीक नीचे कार खड़ी थी। सामने से मुख्य दरवाज़ा दिखता था। बालकनी में एक महँगा सा बाँस का बना डिज़ाइनदार कुर्सीनुमा झूला टंगा था। उस झूले के बगल में उसके मैचिंग का एक छोटा सा टेबल रखा था। चाय, अख़बार या किताब के लिए। प्रसाद जी अंदर गए। चौखट पर सीप को धागे में पिरोकर बनाया झालर झूल रहा था। जैसे ही प्रसाद जी भीतर गए, झालर टकराकर टुन्न – टुन्न की आवाज़ निकाला। अंदर बड़ा सा हॉल था। बीच में एक टी टेबल जिसपर अख़बार और कुछ मैगज़ीन्स पड़े हुए थे। उसके चारों ओर सोफा सेट। ऊपर सीलिंग के बीचोंबीच एक बड़ा सा सतरंगी झाड़फ़ानूस झूल रहा था। कमरे की दीवारों पर महँगी पेंटिंग्स लगी हुई थी। उसके ठीक सामने वाली दीवार की सभी तस्वीरों पर मालाएँ टंगी थी। शायद शिउली के माँ – पिता और दादा – दादी की तस्वीरें थी। एक तरफ़ बड़ा सा रंगीन टीवी जो प्रक्षालित चिक से ढँका था। फ़र्श राजस्थानी संगमरमर का था – एकदम धवल। सोफे के नीचे महँगा गुदगुदा कालीन जिसे झाड़फ़ानूस का प्रकाश रंगता हुआ बहुमूल्य कुर्सियों में पसर जा रहा था। प्रसाद जी उस प्रशस्त सौध को निहार रहे थे।

तभी शिउली की आवाज़ आई – "अंदर आ जाइए, राम जी।"

प्रसाद जी की तंद्रा टूटी।

वे भीतर गए। शिउली ने उन्हें उनका कमरा दिखाया। फिर अपने कमरे में चली गई।

प्रसाद जी का कमरा भी बड़े होटल के कमरे जैसा था। महँगे पलंगपोश पर फूल ऐसे छपे हुए थे मानों सच में फूल बिछे हों। वे उसपर थोड़ी देर के लिए लेट गए। लगा जैसे फूलों की सेज पर लेटें हों।

तभी फिर से शिउली की आवाज़ आई – "राम जी, आप फ्रेश हो जाइए। तब तक मैं चाय नाश्ते का इंतज़ाम करती हूँ। और हाँ, अंदर कपड़े मत धोने लग जाइएगा। कपड़े धुल जाएँगे, आप बस नहाकर निकल जाइए।"

तभी नौकर एक मुलायम तौलिये के साथ सुगंधित साबुन और तेल लेकर उपस्थित हो गया। प्रसाद जी ने अंदर जाकर शॉवर चालू कर दिया।

इधर किरायेदार महिला ने वो पार्सल लाकर टेबल पर रख दिया। शिउली ने पार्सल खोला तो आश्चर्य का ठिकाना नहीं रहा। उसमें केदारनाथ में गुम हुआ हैंडबैग था जिसमें सारा सामान जस का तस था। शिउली ने एक – एक कर सारा सामान देखा। ज्यों के त्यों पड़े थे। फिर पैसे गिने। उसमें बीस हजार से कुछ रुपये कम थे। उसमें एक चिट्ठी भी थी। उसमें लिखा था –

मैडम,

नमस्कार!

ऋषिकेश से केदारनाथ के लिए आपने मेरी कार बुक की थी परंतु सोनप्रयाग में रात में एक वृद्घ बीमार पड़ गया। वहाँ नजदीकी हॉस्पिटल ने जवाब दे दिया। वृद्ध भी केदारनाथ घूमने आये थे। उन्हें लेकर मैं ऋषिकेश आ गया। सुबह जब मैं वापस सोनप्रयाग पहुँचा तो आप लोग जा चुके थे। मैं वहाँ से फिर ऋषिकेश लौटा। घर पहुँचने के बाद मैंने आपका ये हैंडबैग कार की पिछली सीट पर देखा। आपके ही पैसे से मैं इसे आप तक पहुँचा रहा हूँ।

रमेश।

शिउली की ख़ुशी का ठिकाना नहीं था। उसने झट से उसका जवाब लिखा –

रमेश जी,

आपका हार्दिक धन्यवाद!

शिउली।

और नौकर को बुलाया और कहा – "दादा, ये चिट्ठी टा पोस्ट बॉक्से दिये देबेन (भैया, इस चिट्ठी को पोस्ट बॉक्स में डाल दो)।"

नौकर – "ठीक आछे दीदी (ठीक है, दीदी)।" कहते हुए वह बाहर चला गया।

इसी बीच प्रसाद जी नहाकर बाहर आ गये। शिउली ने उन्हें डाइनिंग रूम में बुला लिया।

डाइनिंग रूम भी अपनी भव्यता लिए था। कमरे के बीचोबीच बड़ा सा राजसी रंगरूप लिए महँगी लकड़ी का डाइनिंग टेबुल और उसके इर्द – गिर्द गद्देदार कुर्सियाँ। उसके ठीक ऊपर छत से झूलता बड़ा सा विदेशी झाड़फ़ानूस। कमरे के कोने में चाँदी के लोबानदान में सुवासित धूम्ररेखा लोबान की ख़ुशबू तन मन को सुवासित कर रही थी।

शिउली ने उन्हें बैठने का इशारा किया। उनके बैठने के बाद शिउली ठीक उनके सामने बैठ गई। प्रसाद जी से रहा नहीं गया। उन्होंने पूछ ही लिया – "शिउली जी, आपके घर में इतनी महँगी साज – सज्जा? कहाँ से लाए हैं?"

"ये सब एक जगह का नहीं है राम जी। ये जो डाइनिंग टेबल और बाकी के फ़र्नीचर हैं सब यहीं की हैं। वो दुकानदार सिर्फ़ फाइव स्टार होटलों के लिए ही बनाता है। बड़ा महँगा पड़ गया था", कहते हुए वह मुस्कुराने लगी। "ये झाड़फ़ानूस विदेशी है। दरअसल मेरा एक फ़्रेंड था। विदेश में रहता था। वहीं से लाया था मेरे लिए। मुझे गिफ्ट करना चाहता था लेकिन मैंने ही मना कर दिया। बोली, जब इसके पूरे पैसे लोगे तभी इसे रखूँगी वरना कोई ज़रूरत नहीं है। मजबूरन उसे पैसे लेने पड़े।" शिउली ने अपनी बात पूरी की।

"गिफ्ट लेने में क्या बुराई है", प्रसाद जी ने छूटते ही पूछा?

शिउली स्मित लिए बोली – "नाड़े का ढीला था वो...। उसकी मंशा थी पहले मुझे हड़पने की फिर मेरी जायदाद को... ये इतना आसान है क्या?"

तभी नौकर नाश्ता लाकर रख दिया।

"अच्छा ठीक है आप खाइए, देर करने से कोई फ़ायदा नहीं है", कहते हुए उसने नाश्ता निकालना प्रारंभ किया। नमकीन के साथ स्पेशल बांग्ला संदेश और रसगुल्ला। उसके साथ फ़्राइड काजू।

कलकत्ता का रसगुल्ला और संदेश... आsss हा. हा.। वाह!

मज़ा आ गया मीठा खाने में। प्रसाद जी दो रसगुल्ला खाकर तृप्त हो गए।

खाने के बाद शिउली ने प्रसाद जी को अपना घर दिखाया। शिउली के साथ प्रसाद जी छत से कलकत्ता का नज़ारा देख रहे थे। हुगली नदी से आने वाली ठंडी बयार उन्हें बहुत सुकून दे रही थी।

प्रसाद जी ऊपर ही टहल रहे थे। इसी बीच उनके लिए अदरक वाली चाय भी आ गई।

वे हर घूँट को आत्मीयता से भीतर कर रहे थे। छत पर बने तीन फुट की चारदीवारी पर कप को रखते, एक घूँट पीते और फिर वापस रख देते। इसी बीच हुगली में चल रही नाव, स्टीमर आदि को निहारते। शिउली उनका साथ दे रही थी।

इसी बीच चाँद भी शिउली के छत पर आ गया। कुछ देर ठहरने के बाद वे दोनों नीचे आ गए।

हॉल में प्रसाद जी के साथ शिउली भी टीवी देखने बैठ गई।

प्रसाद जी ने कहा – "मुझे घर जाना है, शिउली जी। बहुत दिन हो गए हैं। मैं कल चला जाऊँगा।"

शिउली ने प्रसाद जी की ओर देखा और कहा – "एक दिन रुक जाइए न राम जी। कल आपको सुंदरबन ले चलूँगी। वहाँ एक दिन रहने के बाद परसों चले जाइएगा, रोकूँगी नहीं। प्लीज़, ना मत कहिएगा। आप अब तक मेरी हर बात माने हैं तो आज भी मान जाइए...।"

प्रसाद जी को 'ना' कहते नहीं बना। चुपचाप टीवी देखने लगे।

रात के खाने में।

सोरसे (सरसों से बना) इलिस मछली, सुगंधित चावल, तवा रोटी, आलू पोस्ता, आलू पटल का सब्जी, फ्रेंच फ्राइज, टमाटर का मीठा चटनी, रसगुल्ला आदि आदि।

शिउली और प्रसाद जी आमने – सामने बैठे थे। उन्होंने खाना शुरू किया। इधर – उधर की बातें हुई। प्रसाद जी अपने आदतानुसार खाते समय मुँह से आवाज़ निकाल रहे थे।

शिउली – "पहली बार जब देखा था जब आप कुछ खा रहे थे। उस समय आपका आवाज़ निकालना बहुत अजीब और खराब लगा था..."

"और अब?" बीच में ही प्रसाद जी ने टोका।

"हाँ, अब ठीक है। अब आदत हो गई है।"

"मेरी भी आदत हो गई है। छूटती ही नहीं...।"

"हा... हा... हा...", शिउली हँस पड़ी। उसके दाड़िम – दशन होंठों से बाहर चमकने लगे।

प्रसाद जी भी हँस दिये।

उनके दाँत में रोटी का जला हुआ छोटा सा काला टुकड़ा चिपक गया था। शिउली ने इशारे से उन्हें बताया। प्रसाद जी ने मुँह बंद कर जीभ से उसे हटाने का प्रयास किया। फिर हँसे। टुकड़ा नहीं हटा। शिउली ने फिर इशारा किया। प्रसाद जी ने पानी को मुँह में भरकर कुल्ला किया और फिर पी गए। पानी के साथ टुकड़ा भी अंदर चला गया।

प्रसाद जी फिर शिउली की ओर देखकर दाँत निपोरे। प्रसाद जी की हँसी की निष्कपट मीठी फुहार ने शिउली के उपालम्भों को धो – पोंछकर रख दिया था।

शिउली ने सर हिलाकर इशारा किया कि अब ठीक है।

प्रसाद जी की मुस्कुराहट मूँछों पर आकर पसर गई।

खाना ख़त्म होने के बाद दोनों अपने – अपने कमरे में चले गए। शिउली ने प्रसाद जी से सुबह आठ बजे तैयार रहने को कहा।

प्रसाद जी कमरे का दरवाज़ा बंद कर कुर्ता उतारा और गंजी पाजामे में श्रांत शरीर को फेंक दिया फूलों से सजे पलंगपोश पर।

कब नींद आ गई कुछ पता ही नहीं चला।

पौ फटने पर भी दिवालोक धूसर था। तभी शिउली की आवाज़ प्रसाद जी के कानों में पड़ी – "सुबह हो गई, राम जी। उठ जाइए।"

प्रसाद जी ने उठकर घड़ी देखा। घड़ी के दोनों डंडे छः पर आकर मिल रहे थे। उठकर गुसलखाने में गए। उनका कपड़ा वहाँ नहीं था। बाहर आकर देखा। बालकनी में उनका कपड़ा धूप के स्वागत में झूम रहा था। प्रसाद जी अधरों पर स्मित लिए देखते रहे। कुछ देर के बाद वे पुनः बाथरूम में घुस गये। वहाँ से क़रीब आधे घंटे में नहाकर निकले। तैयार होने में उन्हें साढ़े सात बज गए। इधर शिउली भी उठकर अपना बैग पैक करने में व्यस्त थी। उसने नौकर को कह दिया था – "राम जी जब तैयार हो जायें, उनको चाय दे देना।"

प्रसाद जी ने अपना बैग और झोला तैयार किया ही था कि उनके लिए सुबह की चाय आ गई। वे चाय लेकर बालकनी में आ गए। वहाँ झूले में बैठकर अंग्रेज़ी अख़बार के साथ चाय की चुस्की लेने लगे। तभी शिउली भी चाय लेकर आ गई। आते ही उसने पूछा – "मैं भी बैठ सकती हूँ क्या?"

प्रसाद जी हँस दिये – "अरे, आपका ही तो है सब... आइये बैठिए", कहते हुए वे थोड़ा खिसक गये। सामने से आता सुनहला आतप, ठंडा मंद पवन, चाय और साथ में बैठा एक अज़ीज साथी – ये सच है या भ्रम?

आधे घंटे बाद शिउली ने अपनी लाल रंग की हिंदुस्तान कंटेस्सा निकाली। कार में पहले ही नौकर ने शिउली का बैग और मेडिकल रिपोर्ट्स रख दिये था। उसके साथ प्रसाद जी की अटैची भी थी। शिउली की एक आदत थी। वह कलकत्ता से बाहर कहीं भी जाये, अपने मेडिकल रिपोर्ट्स और दवाइयाँ हमेशा साथ लेकर चलती थी। इस बार भी वह भूली नहीं थी। ड्राइविंग सीट पर बैठते ही सबसे पहले उसने प्रसाद जी के लिये गेट खोला। प्रसाद जी ने अंदर बैठकर दरवाज़ा बंद कर दिया। गाड़ी बढ़ चली।

लगभग तीन घंटे की यात्रा के बाद गाड़ी गोडखुली फेरी घाट पहुँची। शिउली ने वहाँ गाड़ी पार्क किया। वहाँ से एक मध्यम आकार का नौका बुक किया। वहाँ से उनकी यात्रा शुरू हो गई। सुंदरबन की।

विश्व का सबसे बड़ा डेल्टा जो भारत और बांग्लादेश के क्षेत्र में पड़ता है। यहाँ कई नदियाँ आकर बंगाल की खड़ी में मिलती हैं जिसमें गंगा, ब्रह्मपुत्र और मेघना आदि प्रमुख हैं। सुंदरबन का नाम सुंदरी यानी मैंग्रोव के नाम से पड़ा। मैंग्रोव का अर्थ है ऐसी जड़ें जो ज़मीन से बाहर होती हैं। जब सागर के खारे पानी को जड़ें सोख नहीं पाती तो वे ज़मीन से बाहर आ जाती हैं। ऐसे पेड़ों वाले जंगल को मैंग्रोव कहा जाता है। यहाँ मीठे और खारे पानी का मिश्रण होता है जिसमें बहुत दलदल भी होता है। सुंदरबन का क्षेत्र लगभग दस हज़ार किलोमीटर है। इसमें 250 से भी ज़्यादा प्रजातियों के पंछी रहते हैं। इसके अलावा

कई ख़तरनाक साँपों, जीव जंतुओं, मगरमच्छों के साथ सुप्रसिद्ध रॉयल बंगाल टाइगर का यह निवास स्थान है। सफ़ेद बाघ विश्व में केवल यहीं मिलते हैं। हालाँकि अब इनकी संख्या नाममात्र की ही है। एक वृहत जैव विविधता लिए इस वन की अपनी सुंदरता है। तरंगिणी और उदधि के सौंदर्य मिलन का साक्षी है सुंदरबन। ऐसे सुरम्य वन भ्रमण का लोभ संवरण कौन कर पाएगा? प्रसाद जी को महसूस हो रहा था कि यहाँ आकर उन्होंने कोई गलती नहीं की।

डीजल द्वारा चालित नाव बीच नदी में धीरे – धीरे आगे बढ़ रही थी। नाव का ऊपरी हिस्सा चारो तरफ़ से खुला था और छत तिरपाल से ढँका हुआ था। आगे नाविक हैंडल सम्भाल रहा था, उसके साथ एक और शख़्स था जो अन्य कई काम करता था, मसलन खाना बनाना, नाविक को असिस्ट करना, साफ़ सफ़ाई से लेकर बर्तन आदि धोने तक। इसके अलावा वह शिउली और प्रसाद जी को गाइड के रूप में भी अपनी सेवाएँ दे रहा था। नाव के नीचे कमरे जैसी व्यवस्था थी। चार बिस्तर लगे हुए थे। हर बिस्तर के पास खिड़की। बीच में अन्दर जाने का सँकरा सा रास्ता जिसमें एक बार में सिर्फ़ एक इंसान जा सकता था। दो बिस्तरों के बीच लकड़ी की दीवार थी। नाव के नीचे वाले भाग के अगले हिस्से में किचन था। वहाँ पर्यटकों के लिए ख़ाना बनता था।

दोनों जंगल को निहार रहे थे। प्रसाद जी खुली आँखों से तो शिउली कैमरे की आँखों से। जंगल इतना घना था कि नदी तट से दस फीट भीतर भी कुछ नहीं दिखता था। वहाँ कई रंग – बिरंगे पंछी उड़ रहे थे। प्रसाद जी ने ज़िंदगी में पक्षियों की इतनी प्रजातियाँ नहीं देखी थी। तभी नाविक ने उन्हें दिखाया। दूर तट पर एक मगरमच्छ ऊँघ रहा था। प्रसाद जी काँप गए। हालाँकि वे नाव पर थे लेकिन डर तो डर हैं

ना? किसे नहीं लगता? आगे चलने पर नाविक ने उन्हें बाघ के पंजों के निशान दिखाए। कहा, अभी ज़्यादा देर नहीं हुआ है उसे गुजरे। आधा घंटा हुआ होगा... निशान एकदम ताजा है।

इसी बीच उसका साथी ख़ाना लेकर आ गया। बुभुक्षित प्रसाद जी फ़्राइड राइस के साथ चिंगड़ी फ़्राई, ताज़ी मछली, मीठा चटनी, सलाद, पापड़ और रसगुल्ला देखते ही टूट पड़े।

खाने के बाद मदालस प्रसाद जी ऐसे पसर गए जैसे तट पर मगरमच्छ पसरकर सोता है। आगे पंचमुखानी था। पाँच नदियों का मिलन। ये नदियाँ हैं – पद्मा, मेघना, भैरब, मधुमती और हुगली। पाँचों नदियाँ ऐसे मिलती हैं कि पता ही नहीं चलता कि किसकी दिशा किधर है। उनकी नाव बीचोंबीच आकर खड़ी हो गई। वहाँ छोटी – छोटी नावों में मछुवारे मछलियाँ पकड़ने आये हुए थे। इसके अलावा कई बड़ी नावें भी थीं जिसके पर्यटक कैमरे में अद्भुत दृश्य को संजो रहे थे। प्रसाद जी का वहाँ से हटने का मन ही नहीं कर रहा था लेकिन समय हो रहा था। वहाँ से उनकी नाव घूमी एक गाँव की ओर।

अध्याय – 07

प्रेम धुन

शाम होने को थी। थोड़ी दूर पर बाली नामक गाँव के कछार पर नाव लग गई। गाँव में आकर शिउली ने एक घर किराये पर लिया। रात भर के लिए। उस घर का मालिक वहीं पास में दूसरे घर में रहता था। गाँव का घर। बाहर एक बरामदा जहाँ चार कुर्सियाँ और एक टेबल रखे हुए थे। अंदर एक हॉल था जिससे दो कमरे जुड़े हुए थे। हालाँकि दोनों कमरे एक दूसरे से जुड़े हुए नहीं थे। उसी हॉल के दायीं ओर किचन और बायीं ओर शौचालय और स्नानागार था। घर पक्का था लेकिन छत खपरैल। दीवारों और फ़र्श पर बांग्ला स्टाइल में डिज़ाइन बना हुआ था।

दोनों का सामान एक बाईस - तेइस साल के युवक द्वारा अंदर रखवा दिया गया। उसने शिउली से बांग्ला में कहा कि किसी भी चीज की ज़रूरत हो, उसे बताये। शिउली ने उसे रात का ख़ाना बनाने के लिये कह दिया। इसके साथ उसने उस युवक से आसपास कहीं घूमने लायक़ जगह के बारे में पूछा। युवक ने कुछ जगहों का नाम बताया।

गोधूली का समय। केसरिया आसमान में सूरज पंछियों के गाजे बाजे के साथ पश्चिम में प्रस्थान कर रहा था। शिउली ने हाथ मुँह धोकर

कपड़े बदले। प्रसाद जी ने भी अपने वस्त्र बदल लिये। शिउली ने लाल बॉर्डर की सफ़ेद रंग की रेशमी साड़ी और उसी की मैचिंग वाले ब्लाउज़ से चंदनकाया को ढँक रखा था। प्रसाद जी ने भी पीला कुर्ता और सफ़ेद पाजामा पहन लिया था। शिउली ने युवक से चाय बनाने को कह दिया था। दोनों बरामदे की कुर्सी पर बैठ गए। शिउली के हाथ में एक कपड़े से बना झोला था। कंधे से झूलकर कमर तक आने वाला। उसमें से एक किताब निकाली।

"कौन सी किताब है ये?" प्रसाद जी ने उत्सुकता वश पूछा।

पूछते हुए उनकी नज़र कवर पर पड़ी। सकपका गये। धीरे से शिउली की तरफ़ देखा फिर नज़रें नीची कर ली।

"क्या हुआ", शिउली ने पूछा?

"क्या है ये?"

"कामसूत्र है।" शिउली ने किताब प्रसाद जी की तरफ़ बढ़ाते हुए जवाब दिया।

"छी...।"

"छीऽऽ?"

"गंदी किताब है ये", प्रसाद जी ने किताब वापस करते हुए कहा।

"आपको ये किताब गंदी लगती है? पता है राम जी, हम भारतीयों की यही कमी है। हम सेक्स को टैबू मानते हैं। इसके बारे में बातें करने से शर्माते हैं और इसी शर्म के मारे हमारी आबादी दुनिया में दूसरे स्थान पर आ जाती है। है ना?" शिउली की आवाज़ में ताना था।

उसने आगे कहा – "शास्त्रों को तो पवित्र मानते हैं ना आप? वेदों और गीता में भी इसका उद्धरण मिलता है। इन्हीं ग्रंथों में चार पुरुषार्थ का विवरण है – धर्म, अर्थ, काम और मोक्ष। इस कामसूत्र का पहला श्लोक ही है –

धर्मार्थकामेभ्यो नमः (भाग – ०१, अध्याय – ०१, श्लोक – ०१) और **शास्त्रो प्रकृतत्वात् (भाग – ०१, अध्याय – ०१, श्लोक – ०२)।**

अर्थात् - आचार्य वात्स्यायन ने काम के इस शास्त्र में मुख्य रूप से धर्म, अर्थ और काम को महत्व दिया है और इन्हे नमस्कार किया है। भारतीय सभ्यता की आधारशिला 4 वर्ग होते हैं - धर्म, अर्थ काम और मोक्ष। मनुष्य की सारी इच्छाएं इन्ही चारों के अंदर मौजद होती है। मनुष्य के शरीर में जरूरतों को चाहने वाले जो अंग हैं, यह चारों पदार्थ उनकी पूर्ति किया करते हैं। शास्त्र भी यही कहते हैं।"

प्रसाद जी शिउली की ओर देख रहे थे। उन्हें विश्वास नहीं हो रहा था कि इतनी मॉडर्न स्त्री इन सब चीजों का भी इतना ज्ञान रख सकती है।

शिउली ने आगे बताया – "आपको पता है राम जी? इस ग्रंथ की उत्पत्ति कैसे हुई? देखिए, इसके भाग 01 के अध्याय 01 के श्लोक 06 से 10 में क्या लिखा है?" कहते हुए शिउली ने ग्रंथ को प्रसाद जी के हाथ में धर दिया।

प्रसाद जी ने देखा – उसके संस्कृत श्लोक के नीचे हिन्दी अनुवाद था। उसमें लिखा था –

"तस्यैकदेशिकं मनुः स्वायंभुवो धर्माधिकारिकंपृथक् चकार (भाग – ०१, अध्याय – ०१, श्लोक – ०६)।

अर्थात् ब्रह्मा द्वारा रचे गए एक लाख अध्यायों के उस ग्रंथ के धर्म विषयक भाव को स्वयंभू के पुत्र मनु ने अलग किया।

बृहस्पतिर्थाधिकारिकम् (भाग -०१, अध्याय -०१, श्लोक – ०७)। - अर्थात् अर्थशास्त्र से संबंधित विभाग को बृहस्पति ने अलग करके अपने अर्थशास्त्र का निर्माण किया।

महादेवानुचरश्च नंदी सहस्रेणाध्यायानां पृथक् कामसूत्रम प्रोवाच (भाग – ०१, अध्याय – ०१, श्लोक – ०८)। - अर्थात् इसके बाद उस शास्त्र में से १००० अध्याय वाले कामसूत्र को महादेव के अनुचर नंदी ने अलग किया।

तदेव तु पञ्चभिरध्यायशतैरौद्दालकिः श्वेतकेतुः सञ्चिक्षेप (भाग – ०१, अध्याय -०१, श्लोक – ०९)। - अर्थात् उद्दालक के पुत्र श्वेतकेतु ने उस कामसूत्र को ५०० अध्यायों में पूरा कर डाला।

तदेवतुपुनरध्यर्धेनाध्यायशतेनसाधारण–साम्प्रयोगिककन्यासम्प् रयुक्तकभार्याधिकारिक – पारदारिक – वैशिकऔपनिषदिकैः सप्तभिरधिकरणैर्बाभ्रव्यः पाञ्चालञ्चक्षेप (भाग – ०१, अध्याय – ०१, श्लोक – १०)।

अर्थात् इसके बाद पांचाल देश के बभ्रु के बेटे श्वेतकेतु ने ५०० अध्यायों वाले कामसूत्र को १०० अध्यायों में साधारण सांप्रयोगिक, कन्या संप्रयुक्त, भार्याधिकारिक, पारदारिक, वैशिक और औपनिषदिक नाम के ७ अधिकरणों में जोड़कर पेश किया। इन्हीं खंडों को सात अध्याय में पूरा कर के कामसूत्र लिखा गया है।

पहले अधिकरण का नाम साधारण इस कारण रखा गया है कि इस अधिकरण में ग्रन्थार्गत सामान्य विषयों का परिचय है। इस अधिकरण

में पाँच अध्याय हैं – शास्त्र संग्रह अर्थात् शास्त्र सूची, दूसरा त्रिवर्ग प्रतिपात्ति – काम, धर्म और अर्थ किस प्रकार पाया जाता है। तीसरा अध्याय विद्यासमुद्देश। इसमें सारी विद्याओं यानी कलाओं का विवरण जिसमें संभोग कला का भी विवरण है। चौथा अध्याय नागरकवृत्त, जिसके नागरक अर्थात् रसिक व्यक्ति की दिनचर्या का वर्णन है। पाँचवाँ अध्याय नायक सहायदूती – कर्म विमर्श। विवाह के लिए स्त्री – पुरुष किस तरह चुनाव करें और किस तरह से संबंध स्थापित करें इसका विवरण है।"

प्रसाद जी की रुचि बढ़ी। पढ़ना शुरू किया। पढ़ते गए। रमते गए। कुछ देर पढ़ने के बाद वे एक जगह रुक गए। शिउली को देखा। शिउली गाल पर हाथ रख उन्हें ही देख रही थी। प्रसाद जी मुस्कुराए। शिउली मुस्कुराई। शिउली ने दोनों भौहें मटकाते हुए आँखों से पूछा – "क्या हुआ?"

प्रसाद जी ने किताब दिखाते हुए कहा –

"मृदुभीषिन्योण्योऽनुरागवत्यो मृद्वयड.ग्यश्च गौडयः (भाग – ०२, अध्याय - ०५ – दशन छेद्यविधि प्रकरण, श्लोक – ३३)।

अर्थात् – पश्चिमी बंगाल की स्त्रियाँ कोमल अंगों वाली और अपने पति से प्यार करने वाली होती हैं।"

शिउली उठी। दोनों बाँहों को आपस में मोड़ा। कमर लचकाकर चलने लगी। झटककर पीछे देखा। मुस्कुराई। प्रसाद जी उठे। किताब को झोले में डाला और कंधे पर लटका लिया। वे आगे बढ़े। आगे – आगे शिउली, पीछे – पीछे प्रसाद जी। श्वेत साड़ी में शिउली, पीत कुर्ते में प्रसाद जी, रक्ताभ ब्लाउज में शिउली, रजत पजामे में प्रसाद जी।

अधरों पर मुस्कान लिए शिउली, आँखों में तृष्णा लिए प्रसाद जी। बलखाती शिउली, डग भरते प्रसाद जी।

कुछ दूर जाने के बाद एक तालाब मिला। शाम का समय। भानु संध्या के संग भुवन में विचरण कर रहा है। अर्ध स्वर्ण पिंड अपने आधे बिंब को प्रतीचि में दिखा रहे हैं।

सर में पंकज खड़े हैं। स्नात बतख़ और हंस अभी भी जलभ्रमण कर रहे हैं। खग कभी सरोवर तो कभी आसपास तरु – गुल्म – तृण – रेणु – धरित्री पर विचरण कर रहे हैं। सरवर तट पर उद्भासित रंग – बिरंगी कुसुम से सुवासित बेलें, आम, अमरूद, बरगद, पीपल, हरसिंगार, नीम आदि कतारबद्ध हो दूसरे छोर में विराजित माँ काली के दर्शन हेतु निस्पंद हैं।

पवन हौले – हौले इन बेलों को, फुनगियों को, फूलों को सहला रहा है। इन्हीं सबके बीच शिउली के पास रामप्रसाद जी बैठे हुए हैं। एक खामोशी है। बस कलरव ध्वनि सुनाई दे रही है।

"राम जी, कभी प्यार हुआ है?" शिउली ने प्रसाद जी की आँखों में झाँक़कर पूछा?

प्रसाद जी ने शिउली की गह्वर सूनी आँखों में आँखें डालकर कहा – "पता है, शिउली जी। गाँव से हाई स्कूल के बाद शहर में आया। गरीबी थी तो पढ़ाई के अलावा कुछ सूझा नहीं। ग्रेजुएशन होते ही पहले शादी हुई। बाद में नौकरी। एक साल के भीतर बड़ा बेटा हो गया फिर दो साल बाद छोटा वाला। जिम्मेदारियों का निर्वहन करते कभी इन सब चीजों का ख़्याल ही ना रहा। ...बहुत अनरोमांटिक और स्टीरियोटाइप्ड ज़िंदगी रही है मेरी। दिन भर स्कूल में बच्चों को पढ़ाओ। शाम को

झोला लेकर सब्जी, राशन लेने जाओ। घर आकर बच्चों का होमवर्क देखो। खाना खाकर लेट जाओ। जब तक पत्नी थी, कभी किसी चीज की कमी महसूस ना हुई... अब नहीं कटती ये ज़िंदगी..."

प्रसाद जी के नयननीर पलकों का साथ छोड़ने की फिराक में थे। प्रसाद जी ने उन्हें बांध लिया।

शिउली ने नज़रें फेरीं। एक कंकड़ उठाया और फेंक दिया तालाब में। जल तरंगिणी बढ़ती गई। कहा – "आपमें और मुझमें क्या समानता है, पता है?"

प्रसाद जी ने शिउली की ओर देखा।

शिउली ने कहा – "दोनों को प्यार की ज़रूरत है... सहारे की ज़रूरत है।"

प्रसाद जी ने कुछ नहीं कहा।

"शादी कर लीजिए मुझसे", अचानक से शिउली के ये शब्द बिजली बनकर प्रसाद जी के कानों में गिरे। शिउली ने प्रसाद जी के हाथ पर अपना करतल रख दिया। बिजली की तीव्रता कम होती गई। शिउली ने प्रसाद जी के हाथों को अपने हाथों में ले लिया और कहा – "आपको ये तो पता है न कि मुझे सर्विक्स का कैंसर है? ये भी पता है न कि मैं शादीशुदा नहीं हूँ? आज आपको एक और बात बताती हूँ **...मैं वर्जिन हूँ। लेकिन मैं कुँवारी मरना नहीं चाहती राम जी। मुझे नहीं पता मैं कितनी देर की मेहमान हूँ...।"**

प्रसाद जी ने अपना बायाँ हाथ शिउली के होंठों पर रख दिया। और सर हिलाते हुए सांकेतिक ना कहा।

शिउली ने अश्रुपूरित नेत्र लिए आगे कहा – "ये मेरी अंतिम इच्छा है, मना मत कीजिए प्लीज़!"

प्रसाद जी ने अपनी बाहों में शिउली के कंधे को समेट लिया। शिउली ने अपना हाथ प्रसाद जी के हृतपिंड के ऊपर रख दिया। धक... धक... धक...।

"अंतिम क्यों, आपकी हर इच्छा पूरी करूँगा, शिउली जी।"

शिउली की मुस्कुराहट गालों तक पसर गई।

उसने अपने आँसू पोंछे और उठकर खड़ी हो गई। चप्पल उतारा और चल दी पोखर के भीतर। पाँवों से लिपटा नूपुर राग श्री छेड़ रहा था।

सूरज दिनभर के थकान के बाद अपने शयनकक्ष में बंद हो गया था। निरभ्र नील गगन में स्नात बाल चंद्रमा मुस्कुरा रहा था। उसकी धौत परछाई तालाब में पड़ रही थी। एक चाँद ऊपर से पोखरे में उतर रहा था और दूसरा नीचे शुभ्र वसन में। जल के आईने में एक चाँद दूसरे को निहार रहा था।

शिउली भीतर समा रही थी। प्रसाद जी तट पर खड़े मुस्कुरा रहे थे। जब जल कटिभाग को चूमने लगा तब प्रसाद जी ने आवाज़ लगाई – "रुक जाइए, शिउली जी, आगे जाना ठीक नहीं है। आ जाइए बाहर।"

"आप भी आ जाइए, अच्छा लगेगा राम जी...", शिउली ने वहीं से आवाज़ देते हुआ कहा।

प्रसाद जी – "मुझे तैरना नहीं आता, पता है ना?"

शिउली पीछे मुड़ी। वापस आने लगी। किनारे से थोड़ी दूर रुक गई। झुकी। पानी को अंजुली में भरकर प्रसाद जी की तरफ़ उछाल दिया।

प्रसाद जी – "अरे क्या कर रही हैं आप?"

शिउली जोर – ज़ोर से हँसने लगी।

प्रसाद जी निर्निमेष दिव्य सुंदरता को निहार रहे थे।

हल्का पीलियाहट लिए दशन में एक नैसर्गिक आकर्षण था। ऐसी मलय काया, उभरे हुए चौड़े मस्तक पर बड़ी सी रक्तवर्णी बिंदी, स्निग्ध दृष्टि, बड़ी – बड़ी सुरमामई गह्वर आँखें, उन आँखों की चौकीदारी करते भ्रूभंग, उभरे हुए सुचिक्कन कपोल, लंबी और तीखी नाक, सामान्य से उभरे ओष्ठ जैसे कामदेव ने अपने दोनों धनुषों को जोड़ दिया हो, सुरम्य ग्रीवा – बाप रे बाप! कौन ऐसा मूर्ख होगा जो ऐसी सुघड़ देह वाली घन कुन्तला को देखकर अपना दिल ना हार बैठे?

तभी शिउली की आवाज़ उनके कानों में पड़ी – "कहाँ खो गये राम जी?"

"कहीं नहीं", राम जी हड़बड़ाये।

उनके उत्तर में किसी निरर्थक लंबे वार्तालाप का आमंत्रण नहीं था।

शिउली ने अपना हाथ बढ़ाते हुए कहा – "मुझे बाहर तो निकालिए।"

प्रसाद जी आगे बढ़े। शिउली का हाथ पकड़ा। शिउली उनका हाथ पकड़ बाहर आने लगी। ठंड से उसके लोम खड़े हो गये थे।

प्रसाद जी – "आपको ठंड लग रही है, चलिए जल्दी।"

शिउली, "हम्म!" कहते हुए आगे बढ़ी। चप्पल पहना और घर की ओर चली। कमर से नीचे के अंग भीगी साड़ी से चिपके हुए थे। दोनों आगे

बढ़ रहे थे। रास्ते के किनारे लगे हरसिंगार के फूल जमीन पर बिखरे पड़े थे।

"कितने सुंदर फूल हैं", प्रसाद जी ने कहा।

"इसे क्या कहते हैं आपलोग?"

"हरसिंगार।"

"हमारे यहाँ इसे शिउली कहा जाता है। बंगाल का राजकीय फूल है ये।"

"अच्छा, आपके नाम का मतलब यही है क्या?" प्रसाद जी आश्चर्य से उसे देख रहे थे।

"हाँ। ये अक्तूबर में खिलते हैं। और मेरा जन्म भी अक्तूबर का ही है।"

"इसलिए ये इतने सुंदर हैं, उनके मुँह से अनायास निकल गया।"

शिउली मुस्कुरा दी।

प्रसाद जी ने कुछ फूल उठा लिए। उसे अंजलि में भरा और शिउली को पुकारा। शिउली ने प्रसाद जी को देखा तो प्रसाद जी ने उसकी ओर फूल उछाल दिये।

शिउली ज़ोर से हँस दी। कहा – "बदला ले रहे हैं क्या राम जी?"

प्रसाद जी – "हाँ।" उनकी मुस्कुराहट मूँछों तक पसर गई।

फिर दो फूलों को उसके जूड़े में खोंस दिया।

शिउली गंभीर हो गई। प्रसाद जी को भरी निगाहों से देखते हुए पूछा – "आपने जवाब नहीं दिया राम जी?"

प्रसाद जी – "किसका?"

"शादी करियेगा या नहीं?"

"कल कर लेंगे शादी। इसमें कौन सी बड़ी बात है?

यस्यां मनश्र्चक्षुषोर्निबन्धस्तस्यामृद्धिः। नेतरामाद्रियेत इत्येके (भाग – ०३, अध्याय – ०२, श्लोक – १३)।

अर्थात् – जिस लड़की की आँखें और मन मिल जाये, उससे विवाह करने में सुख और आनन्द की वृद्धि होती है। यदि शादी करने वाली लड़की से मन और आँखें ना मिलती हों तो उस लड़की से शादी नहीं करनी चाहिए।

ये आपका दिया इसी ग्रंथ में लिखा है", प्रसाद जी ने झोले में हाथ डालते हुए कहा।

"मतलब मुझसे आँखें और मन मिल गये आपके", शिउली ने पूछा?

प्रसाद जी ने कोई उत्तर नहीं दिया। उसकी तरफ़ देखते रहे बस।

शिउली ने बात बदलते हुए कहा – "पता है, इस फूल को फ्लावर ऑफ सॉरो (flower of sorrow) कहा जाता है, क्योंकि ये सुबह होने से पहले ही झड़कर बिखर जाते हैं। बहुत छोटी लाइफ होती है इनकी। शाम में खिलते हैं, सुबह होने से पहले ही झड़ जाते हैं।" शिउली की आवाज़ करुणा से भरी थी।

"बाबूमोशाय... ज़िंदगी बड़ी होनी चाहिए, लंबी नहीं।"

शिउली फिर हँसी। दो और फूल झड़े। ख़ुशबू बिखरी। सामने घर था। प्रवेश द्वार खुला था। दोनों भीतर गए। बरामदे की लालटेन रजनी में तमस से दो – दो हाथ कर रही थी।

आहट सुनकर युवक बाहर निकला। कहा – "आपनी एसे गेछेन? आशून... खाबर तोयरी आच्छे (आप आ गये? आइये, ख़ाना तैयार है)।"

शिउली – "ठीक आच्छे। तुमी जाओ, आमी कोरे नेबो (ठीक है। तुम जाओ, मैं कर लूँगी)।"

"ठीक आच्छे दीदी, जदि किच्छु दरकार होय तोबे आमाके डाक देबेन (ठीक है दीदी, कुछ ज़रूरत हो तो मुझे आवाज़ दीजियेगा)।"

"ठीक आच्छे", शिउली ने जवाब दिया।

युवक पड़ोस वाले मकान में चला गया।

शिउली – "राम जी, मैं आधे घंटे में तैयार होकर आती हूँ। आप भी तैयार हो जाइए। ख़ाना खाकर आराम करेंगे। सुबह जाना भी है।"

"हम्म!", कहते हुए प्रसाद जी अपने कमरे में चले गये। थोड़ा आराम किया। फिर फ्रेश होने चले गये। वहीं शिउली भी अपने कमरे में जाकर कपड़े बदले और तैयार होने लगी।

लगभग आधे घंटे बाद शिउली ने प्रसाद जी को आवाज़ दी।

प्रसाद जी शिउली के कमरे में गए। वहाँ एक टेबल पर कई प्रकार के बांग्ला व्यंजन उनकी प्रतीक्षा कर रहे थे। सुगंध और रंग देख प्रसाद जी की जठराग्नि तेज हो उठी। सुगंधित चावल का भात, डाभ चिंगड़ी, मुड़ी घोंटो, आलू पोस्तो, लाल साग, बेगुन भाजा, टमाटर का मीठा चटनी, केला, रसगुल्ला और संदेश।

पूरा कमरा ख़ुशबू से भरा था। वहीं पास खड़ी शिउली मंद – मंद मुस्कान बिखेर रही थी। उसने प्रसाद जी को इशारे से निमंत्रण दिया।

एक कुर्सी पर प्रसाद जी बैठ गए। शिउली खड़ी रही। प्रसाद जी ने शिउली को भी बैठने का आग्रह किया। दोनों आमने – सामने बैठ गये। नज़रें मिलीं। मुस्कुराए। प्रसाद जी ने एक कौर शिउली के मुँह में दिया। शिउली ने भी जवाबस्वरूप एक कौर प्रसाद जी के मुँह में डाला। खाते हुए दोनों की नज़रें एक दूसरे से हट नहीं रही थी। ख़ाना खा चुकने के बाद प्रसाद जी ने आदत के अनुसार लंबा सा डकार लिया। उसके बाद दो गिलास पानी पीकर उठे। शिउली में टेबल साफ़ किया।

प्रसाद जी अपने कमरे में आ गए।

लगभग पौन घंटे बाद उनके दरवाजे में आहट हुई। वे उठे। लालटेन लेकर चौखट पर आये। दरवाज़ा खोला। लालटेन उठाकर चेहरे के समीप लाया। आँखें खुली की खुली रह गई। बत्तीस लक्षणों से युक्त पद्मगंधा, पद्मिनी खड़ी थी! आँखों के सामने जैसे एक हज़ार बादलों का पर्दा हटाकर कोई अप्सरा सूर्य के प्रकाश में उतर आई हो।

अंग – प्रत्यंग में झलमला रहे आभूषण, सुवासित गजरा, रजत लेपित घन कृष्ण केश गुच्छ में पन्ना मणि का छपका, कानों में स्कंध स्पर्श करते जड़ाऊ झुमके, बड़ी – बड़ी आँखों में सूरमें की प्रगाढ़ रेखा, सामान्य से उठे सम्पुटित प्रवाल अधरों को उसने संवार कर और भी घातक बना लिया था। सीमांत में भरी मुक्तमाला, केयूर – कंकण, नाभि तक झूल रही हीरों की कंठमाला, अंगुलियों में जगमगाती सौलिटेयर की मुंदरियाँ, नथुने में झलमल सी हीरे की बड़ी – सी लौंग। बेज रंग की रेशमी स्वर्णछिरी साड़ी जिसकी एक – एक भांज क़रीने से सजी हुई थी, उसी रंग का ब्लाउज जिसने पृथुल स्तनों को थामकर रखा था। प्रसाद जी ने हाथों में आसव, काजु फ्राई और गोल्डन नाईट पान का थाल लिए दिव्य सुंदरी को आपादमस्तक देखा। मंद हवाओं से अलकें

कमल समान मुखमण्डल को स्पर्श कर रही थी। कमल जैसी आँखें जिस पर विधाता ने एकदम ताज़ा शहद डाल दिया था। नूपुर शोभित आलतारंजित चरणयुगल चौखट के भीतर प्रवेश करने हेतु उद्यत थे। प्रसाद जी के समक्ष एक गतयौवना नहीं, तिलोत्तमा खड़ी थी। इत्र की खुशबू ने प्रसाद जी को मदहोश कर दिया।

कुछ देर यूँ ही देखने के बाद उनके मुख से सिर्फ़ एक शब्द निकल सका – "अद्‌त!"

शिउली मुस्कुराई। बोली – "अंदर आऊँ?"

प्रसाद जी हड़बड़ाये। झट से पीछे हो गए। शिउली भीतर आ गई। बिस्तर के पास एक टेबल पर थाली रख दी। दोनों ने चषक उठाया। रसपान प्रारंभ किया। अंतिम घूँट ग्रहण करने के बाद प्रसाद जी ने कहा – "एक बात कहूँ? बुरा तो नहीं मानियेगा ना, शिउली जी?"

"ऊहूँ, कहिए ना, राम जी।"

"आप बेहद खूबसूरत हैं।"

"चढ़ गई है क्या आपको?" शिउली ने हँसते हुए पूछा।

"ये गिलास तो बहाना है। चढ़ी तो बहुत पहले से है।"

"अच्छा! कब से?"

"शुरू में तो पता नहीं चला। लेकिन दिल्ली आते – आते एक अजीब फ़ीलिंग आने लगी। (कुछ देर चुप रहने के बाद) आपको क्या लगता है, आपने मुझे यहाँ लाया है? ऊँहूँ... मैं आया हूँ। ...अच्छा लगता है आपके साथ।"

शिउली चुपचाप सुन रही थी।

प्रसाद जी – "क्या हुआ? ...सॉरी! बुरा लगा तो।"

आँसुओं को कंठ तक रोककर शिउली ने कहा – "मुझसे शादी सभी करना चाहते हैं, प्रेम कोई नहीं करना चाहता।"

"क्यों?"

"पैसा।"

"आपको भी लगता है कि मैं भी आपकी संपत्ति के लिये ये सब कर रहा हूँ?" प्रसाद जी का मन खट्टा हो गया।

"आप मिले तब अहसास हुआ कि कोई है जो मुझे बदलना नहीं चाहता। मैं जैसी हूँ, वैसे ही रहने देना चाहता है।"

शिउली की आँखें प्रसाद जी को देख रही थी और प्रसाद जी शिउली की आँखों में डूबे थे।

कुछ देर के सुई पटक सन्नाटे के बाद शिउली ने प्रसाद जी से कहा – "पान खाइए।" और पान का एक बीड़ा प्रसाद जी के मुँह में डाल दिया। प्रसाद जी ने भी जवाबस्वरूप एक बीड़ा शिउली के मुँह में डाल दिया।

दोनों एक दूसरे को देखते हुए पान चबा रहे थे। मुस्कुराहट फैल गई। वातावरण में। प्रसाद जी नौसिखिया की तरह पान चबा रहे थे। पान को थूकने के क्रम में उनके मुँह से निकला लाल रंग कुर्ते को रंग गया। शिउली की हँसी नहीं रुकी।

इसी हँसी का तो मैं कायल हूँ, शिउली जी। प्रसाद जी ने कहा।

शिउली ने टेबल हटा दिया। प्रसाद जी के पास सरक गई। बोली – "आपने कामसूत्र पूरा पढ़ी क्या?"

प्रसाद जी ने शिउली को देखा।

शिउली – "उस ग्रंथ में एक श्लोक है –

परस्परसुखास्वादा क्रीड़ा यत्र प्रयुज्यते। विशेषयन्ती चान्योन्यं संबंधः स विधीयते (भाग – ०३, अध्याय – ०१, श्लोक – २३)। अर्थात् – जिस शादी से पति – पत्नी को समान आनन्द की अनुभूति हो और एक दूसरे से प्यार करते हों, वही शादी करने लायक है।"

प्रसाद जी ने कहा – "और उसी भाग के तीसरे अध्याय में लिखा है –

यज्ञे विवाहे यात्रामुस्तवे व्यसने प्रेक्षणकव्यापृते जने तत्र तख च दृष्टेङ्गिताकारां परीक्षितभावमेकाकिनीमुपक्रमेत। (भाग – ०३, अध्याय – ०३, श्लोक – ३४)। - अर्थात् यज्ञ, शादी, यात्रा, उत्सव, मुसीबत आदि में लोग प्रायः व्यग्र हो जाते हैं। इस तरह के मौकों पर प्रेमी अपनी प्रेमिका से उस स्थिति में गान्धर्व विवाह कर सकता है लेकिन ऐसा तभी करना चाहिए जब प्रेमिका को अपने बारे में सब कुछ बता दिया हो और वह भी प्रेमी पर विश्वास करती हो।"

कमरे में तूफ़ान आने वाला था। बाहर तूफ़ान आ चुका था। शाम तक साफ आसमान अब काले बादलों को ओढ़ चुका था। रजनी पूरे शबाब पर थी। शाम को मुस्कुराने वाला चाँद डरकर कहीं छुप गया था। मंद मारुत अब वात्याचक्र बन चुका था। साँय – साँय करती तूफ़ानी हवाएँ गवाक्ष के रास्ते आकर दोनों जन को कम्पित कर रही थी। कोने में टंगी लालटेन दप – दप करने लगी। पता नहीं कब बुझ जाय। प्रसाद जी ने जाकर खिड़की के पल्ले को बंद किया। लालटेन फिर जलने

लगी। इसी बीच शिउली उठकर कमरे में चहलकदमी करने लगी। शिउली पीछे मुड़ी तो प्रसाद जी को बिल्कुल समीप खड़ा पाया। वह हड़बड़ाई। गिरी। लेकिन प्रसाद जी की मजबूत बाहों ने रोक लिया। प्रसाद जी ने खींचकर उसे सँभाला।

दोनों एकदम करीब थे। प्रसाद जी का हाथ अभी भी शिउली के पीठ पर था।

"प्यार तो करते हैं न राम जी? शिउली ने काँपते स्वर में पूछा?"

आँखें डूबी थी, नथुने फड़क रहे थे, गरम सांसें छाती से बाहर आ रही थी।

प्रसाद जी एक लफ़्ज़ न कह सके। उनके हाथ काँप रहे थे। आँखें भर आईं। वे बुत बनकर खड़े रहे।

शिउली – "अगर बता नहीं सकते, तो जता दीजिये लेकिन ऐसे चुप न रहिये राम जी। आपकी चुप्पी मेरी जान ले लेगी।"

नौशा बने प्रसाद जी ने धीरे से अपने काँपते हाथ शिउली के गालों पर रख दिया। अपना सर झुका लिया। और करीब आ गए। आँखों से निकले मोती शिउली के उभरे हुए उरोजों पर ओस बनकर गिरे।

बरसते आँखों के बीच जुबान खामोश ही रही। शिउली की साँसे चढ़ी। मोती गहराइयों में खो गए। शिउली मुस्कुरा दी।

परिपक्व प्रेम को शब्दों की आवश्यकता नहीं होती।

दरवाजे से लगी दीवार पर टंगी लालटेन में लगे काले शीशे के भीतर मद्धम रोशनी उस प्रेम की गवाह बन रही थी।

प्रसाद जी का सर झुका और शिउली के भारी वक्ष से टकराया। उनकी साँसों की मोटी परतों का आवेग शिउली के उत्तुंग शिखरों को काँपने पर मजबूर कर दिया।

शिउली ने प्रसाद जी का सर ऊपर उठाया। उसके गुड़हल जैसे रक्तिम होंठ दहकने लगे। दहकते लाल अंगारों को देखते ही प्रसाद जी के भीतर मर्यादा का ग्लेशियर पिघलना शुरू हो गया। आज तक कौन पुरुष नारी की दहकती भट्टी में मक्खन की बट्टी सा नहीं पिघला? प्रसाद जी भी पिघल गए। मजबूत हिमशिला एक चोट से भरभराकर गिर पड़ी। प्रसाद जी ने शिउली को कसकर बाहों में जकड़ लिया। शिउली के देह में सोए कोटि रोम छिद्र जाग गए। रोयें स्वागत में खड़े होकर झूमने लगे। प्रसाद जी ने चिबुक उठाया और लाल गुड़हल पर अपने अधरों को रख दिया। उन अधरों का क्षणिक स्पर्श प्रसाद जी के अधरों को वास्तव में दग्ध कर गया था।

प्रसाद जी ने एक झटके में जूड़े को खोल दिया। शिउली प्रसाद जी के सामने विमुक्त कुन्तला बन खड़ी थी। कनपटी से झाँकते सफेद बाल भले उम्र की दुहाई दे रहे हों, पर देह के रोम – रोम प्रेम की गवाही देने के लिए खड़े थे। प्रसाद जी ने साड़ी का एक छोर पकड़कर खींच दिया। एक – एक भांज फ़र्श पर बिखर गये। दोनों पर्यंक पर बिछ गए। दोनों एक दूसरे की ओर मुँह कर प्रेम की आराधना में डूबे हुए थे। उस अक्षत कौमार्य की नाभि से फूटा कस्तूरी पूरा वातावरण सुवासित कर गया। प्रसाद जी का रोम – रोम पुलकित हो गया। प्रसाद जी सौंदर्य उदधि में गोते लगाने लगे। उनके मन मस्तिष्क में छाए कंदर्प ने लक्ष्य साधकर शर को निक्षेपित किया। शर ने लक्ष्य भेद दिया। शिऊली दर्द से कराह उठी। रक्त बाहर आ गया। प्रसाद जी ने टोका। शिउली ने नहीं रोका। प्रसाद जी ने वार जारी रखा। लक्ष्य लहुलुहान हो गया। रक्त

का आवेग बढ़ता गया। आधे घंटे के बाद भी रक्त नहीं रुका। प्रसाद जी को चिंता हुई। उन्होंने शिउली को बताया। शिउली थक गई थी। आँखें मुँद रही थी। दर्द भरी मुस्कुराहट चेहरे पर फैली थी। स्वेद की एक पतली सी धार कनपटी से होकर गालों पर आकर ठहर गई। लेकिन जब रक्तस्राव नहीं रुका तो प्रसाद जी डर गए। शिउली उठ नहीं पा रही थी। प्रसाद जी के सारे शरीर का रक्त माथे पर चढ़ कनपटी पर घन की सी चोट करने लगा। धीरे – धीरे शिउली सुस्त पड़ने लगी। आँखें बंद होने लगी। देह सफ़ेद पड़ने लगा। प्रसाद जी उठकर घर से बाहर भागे। बारिश जमकर हो रही थी। लालटेन बाहर नहीं जा सकती थी। उसे बरामदे में टांगकर प्रसाद जी आगे बढ़े। युवक के बताये मकान के दरवाज़े पर आवाज़ दी। भीतर से कोई जवाब नहीं आया। उन्होंने फिर से सिकड़ी को दरवाज़े पर पीटा। बिजली की चमक और कड़क के बीच कुण्डी की आवाज़ गुम हो जा रही थी।

अरे दरवाज़ा खोलो, कहते हुए उन्होंने फिर से कुण्डी खड़काई।

इस बार भीतर से आवाज़ आई।

थोड़ी देर में वही युवक लालटेन लेकर दरवाज़ा खोला। सामने भीगे हुए प्रसाद जी खड़े थे। उन्होंने हिन्दी में अपना दर्द सुनाया। बताया कि शिउली किस हाल में है। युवक को हिन्दी समझ नहीं आई। प्रसाद जी ने इशारे से उसे साथ चलने को कहा। दोनों प्रसाद जी के कमरे में पहुँचे।

"ओऽ माँ गो!" युवक देखते ही काँप गया। पूरा बिस्तर लाल हुआ पड़ा था। उसने आसपास के लोगों को आवाज़ दी। शिउली को तुरंत उठाकर नाव में लाया गया। इसी दौरान प्रसाद जी की उँगली पटरे में फँसी कील में लगी। उनका खून निकल आया। उन्होंने उसकी परवाह

किए बिना शिउली को बिस्तर पर लिटाया। यह वही नाव थी जिसे शिउली ने बुक किया था।

रजनी के आगोश में सोये निविड कानन के बीचोबीच अपने वेग में बहती सरिता की छाती को चीरकर बढ़ती हुई एक नाव। उस नाव में नाविक समेत आठ लोग बड़े – बड़े टॉर्च से रास्ता ढूँढते आगे बढ़ रहे थे। उनका रास्ता रोकने के लिए तड़ित, वर्षा, मारुत एक साथ अड़े हुए। नाव के निचले हिस्से में काठ के बिस्तर पर अचेत पड़ी शिउली और उसके पास नतजानु होकर बेसुध प्रसाद जी। आवेश और संभावित वियोग की आशंका ने उनके अधीर स्वर को सहसा रुआँसा बना दिया। मृत्यु पथ पर तेज़ी से बढ़ रही शिउली को उसका आर्त्त करुण स्वर जैसे हाथ पकड़कर पीछे खींच रहा था किंतु उस निर्विकार निष्प्राण चेहरे पर जैसे अब कोई भी चिन्ह नहीं था। प्रसाद जी की रूह काँप रही थी। रोम – रोम दर्द से कराह रहा था। पोर – पोर रुदन कर रहा था। अंग – अंग ऊपरवाले से भीख माँग रहे थे। उनको इस वक़्त उतना ही दर्द हो रहा था जितना महादेव को सती के जाने के बाद हुआ था, श्रीराम को सीता के जाने के बाद हुआ था, या फिर उससे भी ज़्यादा! अश्रुधार नयनों के कोर पर खड़े थे। प्रसाद जी ने इस बार नहीं रोका। खुरदरे गालों पर बहता अनमोल द्रव सफेद दाढ़ी से होते हुए ठुड्डी से नीचे शिउली के हथेली पर टप – टप चू रहा था, जैसे उन बूँदों की स्पर्श और ताप से उसके देह में हलचल आ जाएगी। ऐसा दर्द, ऐसा संताप, ऐसा विलाप, प्रसाद जी ने कभी किसी के लिए नहीं किया। उनकी व्यथा चश्में के बाहर से भी स्पष्ट दिख रही थी।

और हाँ, ये सच था! शिउली के हाथों में हलचल हुई। अचानक से प्रसाद जी की आँखें चमक उठीं। उन्होंने शिउली का हाथ पकड़कर कहा – "आपको कुछ नहीं होगा, शिउली जी। मैं कुछ नहीं होने दूँगा।"

शिउली ने आँखों में इशारा किया जैसे कहना चाह रही हो – "हाँ! मुझे पता है।" और थूक को निगल लिया।

"आप बस थोड़ा और इंतज़ार कीजिये, थोड़ी ही देर में हम हॉस्पिटल पहुँच जाएँगे।"

इसी बीच नाव में हलचल हुई। प्रसाद जी ने बाहर झांका। नाव किनारे पर लग रही थी। बारिश थमी नहीं थी। प्रसाद जी को जैसे प्राण मिल गए हों। बिजली की तेज़ी से बाहर आ गये। सभी किनारे पर उतरकर गाड़ी के बारे में बातचीत कर रहे थे। उन्होंने कहा – "इनकी गाड़ी है यहाँ लगी हुई (गाड़ी की तरफ़ इशारा करते हुए)। लेकिन मुझे चलानी नहीं आती।"

अब ये भी एक समस्या थी। उस समूह में सिर्फ एक इंसान को गाड़ी चलानी आती थी। उस युवक को जिसने उनका ख़ाना पकाया था और शिउली को नाव तक लाने में मदद की थी। पर वह जाने को तैयार ना था।

इसी बीच एक बुजुर्ग ने उससे एक ही वाक्य कहा – "तुमी जाओ, पुण्य होबे। ई भद्रलोकेर दरकार आच्छे।"

युवक मान गया। जल्दी से शिउली को कार के अंदर लिटाया गया। गाड़ी चल दी। एक तो रास्ता ख़राब, ऊपर से अंधेरा और तीसरा मूसलाधार बारिश। ये प्रकृति भी अजीब है। जब किसी को ज़रूरत हो, इसका व्यवधान डालना निहायत ज़रूरी होता है।

शिउली को अपनी गोद में लिटाए प्रसाद जी के लिए पल – पल काटना दुष्कर हो रहा था। उनकी ज़ुबान पर बस भगवान का नाम था। किसी तरह हॉस्पिटल पहुँच जाये। प्रसाद जी ने शिउली के बैग से इलाज का

कागज निकाला। उन्होंने युवक से उसी हॉस्पिटल चलने को कहा जहाँ से शिउली का इलाज चल रहा था। लगभग ढाई घंटे के बाद उनकी कार हॉस्पिटल पहुँची।

तुरंत शिउली को इमरजेंसी में ले जाया गया। सारे कागजात दिखाये गये। वहाँ जूनियर डॉक्टर ने संबंधित सीनियर डॉक्टर को मरीज़ के बारे में बताया। सुबह के साढ़े पाँच बज रहे थे। लगभग बीस मिनट में डॉक्टर आ गए। देखते ही मरीज़ को पहचान गए। शिउली का इलाज वही कर रहे थे।

उन्होंने उसे देखते ही पूछा – "साथ में कौन है?"

पीछे खड़े प्रसाद जी ने कहा – "मैं।"

डॉक्टर मुड़े। देखा। पूछा – "आप कौन हैं?"

प्रसाद जी चुप। थोड़ी देर चुप रहने के बाद कहा – "हसबेंड।"

डॉक्टर – "शादी कब हुई इसकी?"

प्रसाद जी को गुस्सा आ गया – "अरे मरीज़ यहाँ बेहोशी की हालत में पड़ा है और आपको इसकी शादी की पड़ी है?"

वे उठे और कटे हुए उँगली को दबाकर खून निकाला और शिउली की माँग को भरते हुए चिल्लाए – "अभी हुई है इसकी शादी। अब कीजिए इलाज।"

डॉक्टर ने कोई जवाब नहीं दिया। उन्होंने जब मरीज़ की जाँच की तो होश फ़ाख्ता हो गए। उसके गुप्तांगों से अभी भी खून बह रहा था। उन्होंने प्रसाद जी को घूरकर देखा। बोला – "ये किसने किया?"

प्रसाद जी ने नज़रें झुका ली।

"आपको पता है, इसको सर्विक्स का कैंसर है? एक बार खून आ जाये तो संभालना मुश्किल हो जाता है।"

"मैं तो बस इसकी अंतिम इच्छा पूरी कर रहा था", प्रसाद जी ने सर झुकाकर धीरे से दबे और बुझे स्वर में कहा।

डॉक्टर ने कोई जवाब नहीं दिया। प्रसाद जी को बाहर रहने का इशारा किया। थोड़ी देर के बाद डॉक्टर बाहर आये। कहा – "इसे अभी इसी वक़्त कम से कम तीन बोतल खून की ज़रूरत है। इसका ब्लड ग्रुप AB नेगेटिव है। ये बहुत कम मिलता है। हमारे हॉस्पिटल में अभी नहीं है। आप कहीं से भी इसे अरेंज कीजिए। नहीं तो इसे नहीं बचा पायेंगे।"

प्रसाद जी ने डॉक्टर से कुछ ब्लड बैंक का पता लिया और तेज़ी से भागे। इस ब्लड बैंक से उस ब्लड बैंक। इस हॉस्पिटल से उस हॉस्पिटल, इस नर्सिंग होम से उस नर्सिंग होम, इस मेडिकल कॉलेज से उस मेडिकल कॉलेज। इस कोने से उस कोने तक। पूरा कलकत्ता छान मारा। शाम तक किसी तरह एक यूनिट का इंतज़ाम हुआ। ब्लड लेकर वे फिर से हॉस्पिटल पहुँचे। शाम के सात बज चुके थे। रिसेप्शन पर पता लगाया। शिउली आईसीयू में थी। वे भागते हुए आईसीयू पहुँचे। केवल ऊर्ध्व श्वास का तीव्र वेग प्रतिपल द्विगुणित होकर तीव्र जलधार में डगमगाती नैया की तरह शिउली की देह को कँपा रहा था। उसे देख प्रसाद जी की साँस अटक गई। देह निस्पंद हो गया। जल्दी से खून चढ़ाया गया। शिउली ने आँखें खोली। प्रसाद जी सिरहाने पर बैठे थे। प्रसाद जी को इशारे से बुलाया। मुस्कुराई। उनके हाथों पर हाथ रखा और उमड़ते आँसुओं के बीच कहा – "थैंक यू! मेरी इच्छा पूरी करने के लिए।"

प्रसाद जी को समझ नहीं आ रहा था कि वे हँसे या रोयें?

उन्होंने शिउली के नर्म हाथों को हल्का सा दबाया और कहा – "आपको कुछ नहीं होने दूँगा शिउली जी। आप ठीक हो जाइए फिर धूम धाम से शादी करेंगे।"

शिउली की नज़रें पथरा गई। आँसू भीतर सिमट कर जम गए। ऊपर की साँस ऊपर, नीचे की नीचे। जीवन लीला दप से बुझ गई। मॉनिटर में लाल बत्ती जलने लगी। टूँ...टूँ...टूँ...!

प्रसाद हड़बड़ा कर उठे। भयभीत प्रसाद जी की जीभ तालु से सट गई। नर्स को पुकारा। नर्स – डॉक्टर दौड़े। पर शिउली का पीछा ना कर सके। जीवन मृत्यु से मिल रहा था। शिउली जा चुकी थी। इतनी दूर जिसे पकड़ना किसी के लिये संभव नहीं था!

प्रसाद जी की जैसे दुनिया ही ख़त्म हो गई! दिल में एक हज़ार सुइयाँ एक साथ चुभकर रह गईं।

वे चुपचाप खड़े थे। खामोश – अत्यधिक खामोशी। मानो वे साधना कर रहे हों उसकी। इस खामोशी की चादर पर सर रखकर उनकी वेदना तड़प उठती है और दूर तक उसकी सीमा पर तैरती चली जाती है। फिर वातावरण में इतना दर्द उत्पन्न होता है कि स्वयं उनकी आँखों के आँसू उमड़ पड़ते हैं। हर नज़र आती वस्तु धुँधली हो जाती है। ऐसा प्रतीत होता है मानो जीवन अपना दम साधे उनकी दिल की गहराई को समझने का प्रयास कर रहा हो। आँखों के आँसू हवा के गालों पर बह जाते हैं। दम तोड़ते वक़्त शिउली के नर्म गालों पर बिखरे आँसुओं के दो बूँद से उनका कलेजा फट गया!

नर्स ने यवनिका गिरा दिया। एक दृश्य, एक अध्याय ख़त्म जो हो चुका था!

----****----

चादर से ढँका शिउली का पार्थिव देह आँगन के बीचोबीच पड़ा था। खुला हुआ सौम्य चेहरा अभी भी दमक रहा था। सिरहाने पर लोबान – मोगरा बत्ती जल रही थी। सुबह का समय। आसमान में बादल घूम फिर रहे थे। सूरज बीच – बीच में अपना चेहरा ढँक ले रहा था। रिश्तेदार – पड़ोसी आ चुके थे। कुछ अभी भी बाकी थे। पुरुषों के सिर झुके हुए थे। स्त्रियाँ सिसक रही थीं। प्रसाद जी के आँसू आँखों में ही सूख गये थे और कंठ में ही सिमटे विलाप को कई सुनने वाला नहीं था।

सभी रिश्तेदारों के आने के बाद शिउली की अंतिम यात्रा प्रारंभ हुई।

चंदन की काठी जलकर कोयला हो गई।

मृण्मय चिन्मय हो गया!

शाम हो गई। प्रसाद जी कमरे से बाहर नहीं निकले। गुसलखाने से रह – रहकर विकृत विलाप की मींड ध्वनि बाहर तक आ रही थी।

किरायेदार की लड़की ने कमरे का दरवाज़ा खुलवाया। बोली – "माँ ने नाश्ता भेजा है। कर लीजिए। और एक बात बोलूँ, दरवाज़ा बंद कर रोया कीजिए... बाहर तक आवाज़ आती है।"

सुबह हुई। रिश्तेदारों ने उनसे पूछा – "आपनार के (आप कौन हैं)?"

वे कहना तो चाहते थे। फिर सोचा, कहूँगा तो लोग विश्वास नहीं करेंगे। क्या सबूत देंगे उन्हें? अगर विश्वास दिला भी दिया तो सोचेंगे कि मैंने

जान बूझकर अंतिम समय में शादी किया ताकि उसके धन पर हक़ जता सकूँ। वे चुप रहे।

उनका अनुमान सही था। अब बात बँटवारे की हो रही थी। सुबह से शाम तक।

रिश्तेदारों को शिउली के जाने का दुःख नहीं था बल्कि उसकी जायदाद मिलने की उम्मीद थी।

उनका मन उचट गया। वापस आ गये श्मशान में। राख के पास आकर बैठ गए। चौथ का ढीठ चाँद आकाश में वियोग विलाप का साक्षी बन रहा था। चंद्रमा ध्यान से उनकी दर्दनाक पुकार सुनकर खो जाता है। सितारे आँख मिचौली खेलते – खेलते रुक जाते हैं। बादलों का थिरकना बंद हो जाता है।

कछार के पास पेड़ के नीचे बैठे खून के आँसू रोते हुए ऊपर देखा। चाँद था। चाँदनी फीकी – फीकी सी। वातावरण शबनम के आँसू रो रहा था। धीरे – धीरे बादलों के झुंड ने खुले आसमान पर धावा बोल दिया। देखते ही देखते नीला आकाश काला हो गया। हवाओं ने ज़ंजीर से बंधी नाव को खोल दिया। कुछ ही देर में शबनमी छरहरी बूँदें बारिश की मोटी बूँदों में तबदील हो गईं। प्रसाद जी की मानस नदी मर्मांतक पीड़ा से इतनी तपी जैसे वह एक तवा हो और उस गर्म तवे में पड़ती हर बूँद भाप बनकर जल के ऊपर तैर रही हो। बिन खिवैया नाव बीच नदी में जाकर हिचकोले खाने लगी। असीम दर्द से तपती नदी ने नाव को भी नहीं बख्शा। हिचकोले खाती नाव भी जलने लगी! सुलगती नाव, भभकती नाव, धधकती नाव, दहकती नाव। लाल अंगार लिए नाव एक जलता सपना लिए थी, एक राह थी जो उसे उस पार ले

जा सकती थी। उस पार जहाँ शिउली उसका सफ़ेद साड़ी में इंतज़ार कर रही थी!

रात का समय, एक नदी, नदी के किनारे एक 62 साल का बूढ़ा, जो नदी के उस पर जाना चाहता है। पास खड़ी नाव के सहारे अपने हृतप्रिया से मिलने। बदल बरसते हैं, नाव खुल जाती है, और मँझधार में जाकर जल उठती है! कितना विरोधाभासी लेकिन करुण दृश्य है ये?

रात बीत गई। सुबह हुई। प्रसाद जी शिउली के घर। कभी यहाँ, कभी वहाँ। तेरह दिनों के बाद शिउली के आँगन में लगा हरसिंगार का पौधा और शिउली का बैग लेकर आ गए हावड़ा स्टेशन। ट्रेन पकड़ी। बैठकर बैग खोला। उसमें Nicholas Sparks की प्रसिद्ध किताब A walk to Remember थी। खिड़की वाली सीट पर बैठकर किताब पढ़ना शुरू किया। पढ़ते गए, रमते गए। भींगते गए, डूबते गए। एक जगह आकर वे रुक गए। लिखा था –

"There are moments when I wish I could roll back the clock and take all the sadness away, but I have the feeling that if I did, the joy would be gone as well."

लग रहा था जैसे वह कहानी उनकी खुद की हो।

----****----

हृतप्रिया को खोकर जीर्ण हृदय पर पैबंद लगाकर प्रसाद जी घर लौट आये। इंतजार कर रहा सूना घर। हर सुख दुःख का एकमात्र साथी और गवाह। आंगन में झाड़ियाँ, सूखे पत्ते, दर - दीवारों में मकड़ी के जालों ने उनका भव्य स्वागत किया।

तीन हफ्ते के भीतर प्रसाद जी का सुदर्शन चेहरा चिताग्नि से झुलसकर स्याह पड़ गया था।

एक शाम –

पप्पू की दुकान के बाहर सिन्हा जी बेंच पर बैठे हैं। क्लांत अवसन्न चेहरा लिए प्रसाद जी आकर बगल में बैठ गए। सिन्हा जी ने देखते ही पूछा – "अरे प्रसाद जी, इतने दिनों तक कहाँ थे? चाय पियेंगे?"

प्रसाद जी ने कोई उत्तर नहीं दिया।

सिन्हा जी पास वाली चाय की दुकान के स्टाफ को आवाज़ दी।

प्रसाद जी ने मना कर दिया।

पप्पू की दुकान में ग्राहक नहीं थे। पप्पू भी बाहर आ गया। बेंच पर बैठते हुए बोला – प्रसाद जी, आपके दोनों बेटों ने फोन किया था। आप कम से कम एक बार बता कर तो जाते।

प्रसाद जी ने पप्पू को देखा लेकिन कहा कुछ नहीं।

प्रसाद जी उठे और बेटों को कॉल किया। पाँच मिनट बात करने के बाद प्रसाद जी वापस आ गए।

"क्या बात है प्रसाद जी... आजकल चिट्ठियाँ नहीं आ रही हैं...?" पप्पू ने आते ही कहा।

प्रसाद जी ने फिर पप्पू को देखा। पप्पू ने उन्हें। नज़रें मिलीं। आँखों ही आँखों में बात हुई। सिन्हा जी दोनों को देख रहे थे। प्रसाद जी की डायरी शर्ट के पॉकेट में नहीं समाई थी। हाथों में थी। उन्होंने डायरी का एक पन्ना खोला और अश्रुसिक्त आँखें लिए कहा – "यार, पप्पू,

...इस पन्ने में न एक नंबर है जिसे मैं ना तो फाड़ सकता हूँ और ना ही डायल कर सकता हूँ।" कहते हुए प्रसाद जी के नैन समंदर से निकली लहरें गालों के छोर से टकराने लगी। होंठ काँपने लगे। प्रत्येक शब्द एक काँपती सिसकी बन गया था। शायद तूफान के आने का अंदेशा था।

पप्पू बुत बनकर प्रसाद जी को देख रहा था। वह प्रसाद जी को अच्छे से जानता था। प्रसाद जी कभी टूट नहीं सकते थे परंतु पप्पू का ये विश्वास भी टूट रहा था। प्रसाद जी बिधे तीर की भांति घर की तरफ चल दिए।

रात हो गई थी। प्रसाद जी ने अटैची से फ्रेम में मढ़ा शिउली का फोटो निकाला और दीवार पर टांग दिया धर्मपत्नी के बगल में। एक माला के साथ।

समुद्र की मौजें एक बार सिर उठाती है तो आगे बढ़े बिना नहीं रहती। बढ़ती ही जाती है जबतक कि किनारे से टकराकर चूर – चूर ना हो जाये। बूँद – बूँद बिखर ना जाय।

रात दस बज गए थे। विविध भारती पर फरमाईशी गानों का कार्यक्रम चल रहा था। प्रसाद जी ने अपने बक्से को खोला और उसमें रखी चिट्ठियों को निकाला। सबसे पहली चिट्ठी को खोला।

राम प्रसाद जी,

कुछ रह गया था मेरे पास

~~आपकी~~

शिउली

उन्होंने कलम लिया। लाल स्याही थी। अधूरी चिट्ठी को पूरा किया, जैसे कहानी पूरी हो गई हो। ***पूर्ण विराम*** के साथ।

राम प्रसाद जी,

कुछ रह गया था मेरे पास।

~~आपकी~~ (सिर्फ आपकी)

शिउली।

पलंग पर धम्म से आकर गिर गए। वे लेटे – लेटे सोच रहे थे।

"आजकल चिट्ठियाँ बहुत आ रही हैं..." से लेकर "आजकल चिट्ठियाँ नहीं आ रही हैं..." तक का सफ़र ही तो प्रेम था!

तभी विविध भारती के होस्ट की आवाज़ उनके कानों में गूंजी - ... कलकत्ता से शिउली मुखर्जी और रामप्रसाद जी ने इस गाने की फरमाइश की है।

गाना बजने लगा –

तुम चले जाओगे तो सोचेंगे,
हमने क्या खोया हमने क्या पाया,
जिंदगी धूप तुम घना साया।
तुमको देखा तो ये ख्याल आया...
जिंदगी धूप तुम घना साया।

प्रसाद जी के नैन से अविरल धारा बह निकली।

उपसंहार

जनवरी – मार्च 2000,

डॉट कॉम बबल का दौर।

एक शाम।

पप्पू के बूथ का फोन बजा। पप्पू ने देखा। नम्बर देखकर समझ गया कि कॉल प्रसाद जी के लिए था। उस समय प्रसाद जी वहाँ नहीं थे।

पप्पू ने फोन उठाया। उधर से छोटे बेटे की आवाज़ थी। अपने पिता के बारे में पूछ रहा था।

पप्पू – "क्या बात है राहुल, आज इतने सालों के बाद पापा को याद किया?"

राहुल – "अब क्या कहें पप्पू चच्चा, समय ही नहीं मिल पाता..."

पप्पू (बात काटते हुए) – "हाँ, अब बड़े हो गए हो न, विदेश में रहते हो, पापा थोड़े न याद आएँगे?"

राहुल हँस पड़ा।

पप्पू – "अच्छा बोलो क्या काम था? तेरा तो इंटरनेशनल रोमिंग कट रहा होगा?"

राहुल – “पापा से बात करनी थी।”

“अभी तो प्रसाद जी हैं नहीं। कुछ ज्यादा जरूरी है तो आधे घंटे में कॉल करो, प्रसाद जी को बुलवा दूँगा।”

“अरे, नहीं। मैं बोल रहा था कि इधर मंदी आ गई है। कई नौकरियों को खतरा है। मैं और विजय भैया दोनों ने सोचा है कि उस घर को रेंट में लगा देते हैं। यहाँ इतने पैसों से काम नहीं चलने वाला...।”

राहुल आगे कुछ बोलता, पप्पू भड़कते हुए बोला – “तरस आता है तुम दोनों भाईयों पर और दुःख होता है प्रसाद जी की हालत देखकर। अरे जिसने कर्ज़ लेकर तुम दोनों को पढ़ाया उसके त्याग और समर्पण का भले ही लिहाज़ मत करो लेकिन पिता के वार्धक्य का तो लिहाज़ करो बेवकूफों।”

“पर पापा ने कुछ बताया नहीं।”

“बताएँगे तब न जब उनसे बात करने का समय होगा तुम्हारे पास? जब भी कॉल करते तुम दोनों के पास, एक मिनट से ज्यादा बात ही नहीं होती। मैं तो यही देखता आ रहा हूँ कई सालों से। कई बार उनसे पूछा, बताते नहीं। पर मुझे समझ तो आता है न...?”

राहुल चुप था।

पप्पू ने समझाते हुए आगे कहा – “देखो, प्रसाद जी का मैं बहुत सम्मान करता हूँ और तुम दोनों भाई मेरे परिवार समान हो। तुम्हीं सोचो न राहुल, कल तुम्हारा बेटा तुम्हें छोड़कर अपनी दुनिया में व्यस्त हो जायेगा तो तुम्हें कैसा लगेगा?”

राहुल – “ऐसा नहीं होगा। मैंने अपने बेटे को अच्छी परवरिश की है...”

पप्पू (टोकते हुए) – "प्रसाद जी ने भी तो अच्छी ही परवरिश की थी..., है कि नहीं?"

राहुल के पास कोई जवाब नहीं था।

पप्पू के समझाने पर उसने अपने बड़े भाई विजय से बात की।

दोनों भाई सपरिवार घर आ गए।

जब उन्होंने अपनी माँ के बगल में किसी और की तस्वीर पर माला देखा तो बुरी तरह भड़क गए। कहा कुछ नहीं। शाम के समय पप्पू की दुकान पर गए। वहाँ पर सिन्हा जी भी मिल गये। अभिवादन और थोड़ी बहुत औपचारिक हाल चाल के बाद विजय ने दोनों को रात के भोजन के लिये अपने घर आमंत्रित किया।

----****----

रात के साढ़े आठ बजे।

प्रसाद जी के घर का बरामदा। सभी खाने की टेबल पर बैठे हैं। पूड़ी, जीरा फ़्राइड राइस, मटर पनीर, मिक्स वेज, पापड़, टमाटर की चटनी, खीर और गुलाब जामुन आदि खाने की मेज़ पर सजे हुए हैं। दोनों बहुओं ने मिलकर खाना बनाया है।

भोजन शुरू हुआ। सभी चुपचाप शांति से भोजन ग्रहण कर रहे हैं। बीच – बीच में विजय और राहुल की नज़रें दीवार पर टंगी दोनों स्त्रियों की तस्वीरों पर जा रही है। दोनों पर माला चढ़ी हुई है। तस्वीर देखने के बाद विजय ने सामने बैठे प्रसाद जी को देखा। प्रसाद जी ने विजय को। नज़रें झुकाकर खाने में व्यस्त हो गए।

भोजन समाप्ति पर है।

सिन्हा जी – "कुछ और बचा है क्या?"

राहुल – "क्या बचा है?"

सिन्हा जी ने राहुल को देखा। राहुल ने प्रसाद जी को। पप्पू ने सिन्हा जी को। पप्पू को तूफ़ान का अंदेशा हो गया। लेकिन वह वेट एंड वॉच की स्थिति में था।

विजय – "अब बचा ही क्या है? सब तो कब का ख़त्म हो गया। जो भी थोड़ी बहुत इज़्ज़त थी...।" उसने चम्मच को थाली में पटकते हुए कहा।

सिन्हा जी – "मैं तो बस खाने के बारे में पूछ रहा था।" उनके चबाने के गति कम हो गई थी।

"लेकिन मैं खाने के बारे में नहीं बोल रहा हूँ", राहुल ने तेज आवाज़ में कहा।

पप्पू ने स्थिति सँभालते हुए कहा – "पहले चुपचाप खा लीजिए, फिर आराम से बैठ कर बात करते हैं। खाते समय गुस्सा या बहस नहीं करना चाहिए। बच्चे भी खा रहे हैं।"

सभी ने शांति से ख़ाना ख़त्म किया।

बच्चों के दूसरे कमरे में सोने के लिए जाने के बाद पप्पू ने बात शुरू की – "हाँ, बोलो। क्या बोल रहे थे तुम दोनों?"

विजय – "ये सब चल क्या रहा है यहाँ? (प्रसाद जी को देखते हुए) – और कब से चल रहा है ये?"

"कुछ नहीं", प्रसाद जी ने जवाब दिया।

"कुछ नहीं?" राहुल ने चिल्लाते हुए बोला, "ये जो दीवार पर टंगी फोटो है माँ के साथ...? पागल हैं क्या हमलोग जो अपना सारा काम छोड़कर यहाँ आये हैं?"

"मैंने कहा न कुछ नहीं चल रहा है। जो कुछ भी था वह सब ख़त्म हो चुका है", प्रसाद जी ने दृढ़ता से जवाब दिया।

"कैसे ख़त्म हो गया", विजय ने और भी दृढ़ता से पूछा? उसने आगे कहा – "अगर सब कुछ ख़त्म ही हो गया है तो फिर ये फोटो अभी तक दीवार पर क्यों है? इसे अभी के अभी हटाइए नहीं तो..."

"नहीं तो क्या?" इस बार पप्पू ने कमान सम्भाली।

"माँ का स्थान और कोई नहीं ले सकता। हम इसे बर्दाश्त नहीं कर सकते", राहुल ने कहा।

"कौन तुम्हारी माँ का स्थान ले रहा है बेटा", सिन्हा जी समझाते हुए बोले।

"आप नहीं जानते चचा, हमारी माँ ने हमारे लिए कितना कष्ट उठाया है... बहुत क़रीब थीं वो। हम ये बर्दाश्त नहीं कर सकते कि माँ के आसपास भी कोई फटके...।" विजय ने करुण स्वर में कहा।

"पापा क्या जानें माँ ने कितना कष्ट से हमें पाला – पोसा... पापा का क्या था? वे तो हमेशा घर के बाहर ही रहते थे", राहुल ने तल्ख़ी से कहा।

पप्पू – "अच्छा! इसका मतलब पापा ने कुछ नहीं किया? है ना?"

"नहीं मेरा वो मतलब नहीं था..."

पप्पू (टोकते हुए) – "तो क्या मतलब था? पापा दिनभर बाहर रहते थे तब कहीं जाकर घर की चुल्हानी में चूल्हा जलता था। पापा टूटे चप्पल पहनते थे तब जाकर तुम्हारा नया जूता ख़रीदा जाता था। तुम्हें पता भी है, तुम्हारे पापा को स्कूटर का कितना शौक़ था? नहीं ख़रीदा... सिर्फ इसलिए ताकि उन पैसों से तेरे कॉलेज की फ़ीस भरी जा सके। उनको अंग्रेज़ी नहीं आती थी फिर भी तुम्हारे घर में रोज़ *'टाइम्स ऑफ़ इंडिया'* आता था... सिर्फ इसलिए ताकि तुम्हारी अंग्रेज़ी अच्छी हो और आगे अच्छे से पढ़ सको। अंग्रेज़ी के मास्टर थे क्या तुम्हारे सरकारी स्कूल में? नहीं ना? तुम्हारे पापा गणित के शिक्षक थे। तुम कॉलेज जाते समय तक उन्हें इस बात के लिए कोसते रहते थे कि वे ट्यूशन नहीं पढ़ाते। अगर ट्यूशन पढ़ाते तो कम से कम घर की आर्थिक स्थिति अच्छी होती। पता है क्यों नहीं पढ़ाये? ताकि वे तुम दोनों को समय दे सकें। उसी का फल है कि आज तुम लोग यहाँ इतनी अच्छी जगह पर हो। इस इलाक़े में तुम तक कोई नहीं पहुँच सका है, पता है क्यों? क्योंकि तुम्हारे पापा ने तुम्हारे लिए कुछ नहीं किया। बेटा, माँ का कष्ट हर किसी को दिख जाता है... बाप का त्याग किसी को नहीं दिखता। राहुल, जब तेरा प्लेसमेंट हुआ था तब ऑस्ट्रेलिया जाने के लिए पैसे नहीं थे... तुम्हारे इसी निकम्मे बाप ने अपना जीपीएफ़ तुड़वाकर पैसों का इंतज़ाम किया था।"

"अरे, आप लोग समझ क्यों नहीं रहे", विजय सिन्हा जी को देखते हुए बोला।

"समझ तो तुम नहीं रहे हो। कम से कम अपने बाप को तो मत समझाओ तुम लोग...। बोल तो ऐसे रहे हो जैसे कोई बहुत बड़ा पाप

कर दिया है मैंने। मैं वैष्णोदेवी गया था, वहीं मिले थे हम लोग पहली बार। फिर चिट्ठियों से बातचीत शुरू हुई। दोबारा हम हरिद्वार में मिले। वहाँ से ऋषिकेश, केदारनाथ, दिल्ली होते हुए कलकत्ता गये। वहाँ से सुंदरबन। केदारनाथ में पता चला कि उसको कैंसर है। लास्ट स्टेज का। सुंदरबन में उसने अपनी अंतिम इच्छा बताई। वह कुँवारी थी, लेकिन कुँवारी मरना नहीं चाहती थी। हमने तय किया कि शादी कर लेते हैं। (काँपते सर में) पर उसे तो शादी भी नसीब नहीं हुई! बेचारी... (कुछ देर चुप रहने के बाद थोड़ी ऊँचे स्वर में) अब मुझे बस ये समझा दो कि किसी की अंतिम इच्छा पूरी करना पाप है? तुम तो विदेश में रहते हो, तुम्हें तो पता ही होगा कि वहाँ शादी ज़्यादा महत्त्वपूर्ण है या फिर कुछ और? अगर एक अकेला बुजुर्ग व्यक्ति किसी अधेड़ महिला से मिलता है। दोनों एक दूसरे को समझते हैं, एक दूसरे के सुख – दुःख के सहभागी बनते हैं तो इसमें गलत क्या है? मैंने कोई भी गलती नहीं की है। कोई भी पाप नहीं किया है। मैंने अपनी पत्नी भी को धोखा नहीं दिया है क्योंकि धोखा तब होता जब वह जीवित होती और उससे छुपकर मैं ये सब हरकतें करता। उसका हिस्सा इसे देता। और मैंने किसी लालच में भी यह सब नहीं किया। अगर लालच होता तो मैं आराम से इसके घर में रहता। इतनी दौलत तो छोड़कर गई ही है वह। और जहाँ तक फोटो और माला की बात है तो मैं यह पाप अपने सिर नहीं ले सकता था इसीलिए पत्नी मान लिया। अब और ज़्यादा एक्सप्लेन नहीं कर सकता मैं।" प्रसाद जी पूरे रौ में थे। लग रहा था जैसे दिल में दफ़न ज्वालामुखी बाहर आने को बेताब है।

सिन्हा जी – "ऐसे अपने पिता का कोई अपमान करता है क्या?"

"अगर अपमान करने का विचार होता तो हम ये बात घर में आप दोनों के सामने नहीं करते बल्कि पूरे समाज के सामने रखते", राहुल ने कहा।

"अच्छा ठीक है... तुम दोनों क्या चाहते हो?" पप्पू ने शांत लहजे में पूछा।

"माँ के साथ वाली तस्वीर हटा दी जाये, बस।" विजय अभी भी उबल रहा था।

"ये नहीं होगा", प्रसाद जी ने छूटते ही जवाब दिया।

"अच्छा, ठीक है ना प्रसाद जी, मैं बात कर रहा हूँ न", पप्पू उन्हें समझाते हुए कहा।

प्रसाद जी चुप हो गए।

पप्पू ने दोनों को देखते हुए कहा – "उस तस्वीर से दिक़्क़त क्या है?"

राहुल – "ये हमारी गरिमा और मर्यादा के खिलाफ है। ये तो अच्छा हुआ कि यहाँ कोई अन्य रिश्तेदार नहीं हैं... क्या सोचते वे? छी... छी... छी... "

पप्पू – "बेटा, ऐसा है कि गरिमा और मर्यादा का पाठ अपने पिता को ना ही पढ़ाओ तो ज़्यादा बेहतर है। पिछले पाँच सालों में तो एक बार भी कभी ध्यान नहीं आया कि पापा से एक बार बात ही कर लेते हैं! कभी ये भी नहीं सोचा कि एक अकेला बूढ़ा बाप यहाँ अकेले कैसे रह रहा है? कितनी बार मैंने देखा है कि जब तुम दोनों का बात करने का मूड नहीं होता था... और फोन कटते ही इनकी आँख भर आती

थी। ना तो इन्होंने कभी कुछ कहा और ना ही मुझे कभी कुछ पूछने की हिम्मत हुई। जिस बाप ने अपने बेटों के लिए इतना किया, इतना दिया, वही बाप आज पापी हो गया? उसकी गरिमा और मर्यादा भंग होने लगी? वाह बेटा। वाह! अगर तुम दोनों यहाँ कम से कम साल में एक बार भी हाल चाल देखने आ जाते तो तुम्हारे पिता का ये हाल ना होता।"

"लेकिन इसकी क्या गारंटी है कि हमारे यहाँ आने - जाने या रहने से ये घटना नहीं होती?" विजय ने पूछा।

"कोई गारंटी नहीं है लेकिन कम से कम उनके जज़्बात को तो तुम लोग समझते। बेटा, माँ – बाप को बच्चों की ज़रूरत उनके बुढ़ापे में ही सबसे अधिक होती है... और तुमने उसी समय उन्हें अकेला छोड़ दिया? कभी सोचा कि एक आदमी जो पूरे जीवन काल में कभी अपने परिवार से दूर नहीं रहा वह इस अवस्था में अकेले कैसे रहेगा? क्या उसकी आत्मा नहीं कुढ़ेगी? उन्हें नहीं लगेगा कि उनका परिवार, बाल बच्चे, उनके पोते – पोतियाँ साथ में होते तो वह उनके साथ खेलते, हँसते, मुस्कुराते। ये तो उनका हक़ है बेटा और तुम लोगों ने उनके इस हक़ को इतनी बेदर्दी से मार डाला? ज़रा भी नहीं सोचा कि जो इंसान तुम लोगों का जीवन संवारने के लिए तुम्हारे हक़ के लिये इतना लड़ा वही आज अपने हक़ के लिए बेज़ुबान हो गया। क्यों? सिर्फ तुम्हारी ख़ुशी के लिए। बेटा, तस्वीर बहुत बड़ी चीज नहीं है। उसे हटाने में एक मिनट नहीं लगेगा, लेकिन जो घाव दिल में लगा है उसे कैसे हटाओगे? उस तस्वीर को घर की दीवार से तो हटा दोगे, दिल की दीवार से कैसे हटाओगे?" सिन्हा जी ने अपनी बात ख़त्म की।

कमरे में सन्नाटा था।

पप्पू (प्रसाद जी को देखते हुए) – "प्रसाद जी, कुछ कहना है?"

प्रसाद जी (बेटों को देखते हुए) – "अभी रुकोगे न तुम लोग...?"

दोनों बेटों ने कोई जवाब नहीं दिया।

वे उठे और चश्मे को साफ कर तस्वीर की ओर बढ़े। दीवार से कुर्सी को टिकाया और उस पर चढ़ने लगे।

दोनों बहुएँ जो अभी तक चुपचाप देख सुन रही थीं सक्रिय हो गईं।

बड़ी बहू ने कुर्सी को पकड़ा और कहा – "क्या कर रहे हैं पापा आप?"

"तस्वीर हटा दे रहा हूँ। कम से कम इसी बहाने तो तुम सब कुछ दिन और रुकोगी, बेटी?" प्रसाद जी ने काँपते हुए स्वर में कहा और माला हटाने लगे।

तभी वहाँ छोटी बहू आई और बोली – "आप प्लीज नीचे आइये, पापा।"

दोनों भाई भी वहाँ आ गए।

विजय उन्हें सहारा देकर उतारने का प्रयास करने लगा।

बोला – "आप नीचे उतरिये, बात करनी है आपसे।"

"रुको, तस्वीर उतार लेता हूँ।"

"कोई तस्वीर नहीं उतरेगी, आप बस उतरिये नीचे", बड़ी बहू ने कहा।

प्रसाद जी नीचे उतर गए। टूटी हुई माला हाथ में लटक रही थी।

"कोई कहीं नहीं जा रहा है। तस्वीर भी रहेगी और हमेशा माला भी चढ़ेगी। किसी को कोई दिक्कत होगी तो मुझसे बात करेगा।" बड़ी बहू ने आदेशात्मक स्वर में कहा।

"सॉरी...", काँपता स्वर इससे आगे थम गया। विजय निगाहें झुका कर सिसक रहा था।

राहुल ने माला पकड़ा और उसे टेबल पर रखते हुए बोला – "हम सब कहीं नहीं जाने वाले आपको छोड़कर।"

वह प्रसाद जी के पास आया और गले लग गया। विजय भी करीब आया तो प्रसाद जी ने उसे भी अंक में समेट लिया। चश्मे के भीतर निकले आँसू बाहर से ही दिख रहे थे। इस बार आँसू दुःख, संताप या वियोग के नहीं थे।

माहौल को थोड़ा हल्का करते हुए बड़ी बहू ने माला की गाँठ जोड़कर विजय को देते हुए कहा – "इसे अभी फोटो पर लगा दीजिये। सुबह एक जोड़ी नया ले आइयेगा।"

----****----

इसी बीच डॉट कॉम बबल फूटा। उसके कारण कई अच्छी कंपनियाँ या तो डूब गयीं या किसी बड़ी कंपनी ने उन्हें खरीद लिया या फिर दिवालिया हो गई। कईयों की नौकरी चली गई। दोनों भाई वापस भारत आ गए। बड़े की नौकरी बंगलौर में हो गई तो राहुल का चयन सरकारी महकमे एक्जेक्यूटिव इंजीनियर के पद पर हो गया। अब विजय अपने पत्नी बच्चों के साथ हर त्योहार में घर आ जाता है। वहीं राहुल का हर इतवार अपने पिता के संग ही बीतता है।

अक्टूबर, 2001।

अभी शाम के आठ बज रहे हैं। प्रसाद जी का पूरा परिवार जमा हुआ है। दशहरे के मौक़े पर। बच्चे कमरे में लुडो खेल रहे हैं। दोनों बहुएँ रसोई में पकवान बनाने में व्यस्त है। दोनों भाई प्रसाद जी के कमरे में बैठे बातें कर रहे हैं।

राम लीला शुरू होने वाली है। चाँद आकाश की गोद में बैठा मुस्कुरा रहा है। आसमान के नीले लिबास पर सितारे जड़े हुए हैं। वृक्षों की फुनगियाँ मंद मारुत की ओर आकर्षित हो उसके साथ झूम रही हैं। प्रसाद जी हाफ स्वेटर के साथ फुल पैंट और चप्पल पहने आँगन में लकड़ी वाली कुर्सी लगाकर बैठे हुए हैं। खुला वातायन विविध भारती का "हवा महल" प्रसाद जी तक प्रसारित कर रहा है। प्रसाद जी हरसिंगार के तने के पास बैठे कुछ सोच रहे हैं। छोटे – छोटे सफ़ेद फूल हरे पत्तों के बीच छिपे हुए हैं।

तभी –

"अरे, कौन है? कौन है जो मेरे पीछे मेरी आँखों को ढँका है?" प्रसाद जी हड़बड़ाये।

"ओह! तुम हो? सच में? मैं तेरी छुअन को पहचानता हूँ। तेरी उँगलियों को जानता हूँ शिउली। क्या तुम सच में आई हो? अरे, तुम खड़ी क्यों हो? ओह! सॉरी, आओ पास में बैठो ना। ये लो साफ़ कर दिया तेरे लिए कुर्सी। बैठ जाओ अब। कुछ अपनी कहनी है कुछ तुम्हारी सुननी है। जी कर रहा है कि आज रात इसी जगह तेरे साथ बिताऊँ। आखिर इतने दिनों के बाद जो आई हो! कितना अच्छा होता ना, ये

रात यूँ ही थम जाती और हम पूरी रात एक दूसरे के साथ इस पल को जीते। है न?"

(कुछ देर चुप रहने के बाद) "आओ, पास बैठो। अरे, बैठो ना। और प्लीज़, ऐसे मत देखो। अच्छा, मेरी बाँह पकड़ना है? ओ... के... ओके ठीक है", कहते हुए प्रसाद जी शिउली को बाहों में जकड़ लिए। "अब ठीक है? ... हम्म!"

फिर थोड़ी देर चुप रहने के बाद – पता है, तेरे साथ रहने का जो अहसास है ना, एकदम अलग और बेहद खूबसूरत है। तुम्हारे साथ बिताया हर एक पल मेरी ज़िंदगी का सबसे खूबसूरत और अनमोल पल है जिसे मैं कभी खोना नहीं चाहता।"

दर्द से लिपटा हुआ मन खून के आँसू रोना चाहा लेकिन पानी के रूप में निकला संताप पलकों के बीच फँस कर रह गया। चाँदनी खामोश हो गई, उदास भी। जैसे चाँद का कुछ खो गया हो। शायद चाँदनी। घटते चंद्रमा की भावना शायद ऐसी थी। वृक्षों से गुजरती हवा का शोर था बस।

तभी आसमान में छिटपुट मेघ अठखेलियाँ खेलते नज़र आने लगे। शिउली दिखी नहीं। प्रसाद जी को लगा जैसे शिउली का घना साया खो गया बादलों के बीच और वे खड़े रह गए अकेले इस तपती धूप में नंगे पाँव।

विजय की पत्नी रसोई की खिड़की से सारा नज़ारा देख रही थी। कुछ बुदबुदाते और पेड़ को बाँहों में भरते प्रसाद जी को। वह बाहर आ गई।

प्रसाद जी खड़े थे। बहू उनके पीछे कुछ दूरी पर खड़ी थी।

पराभूत से प्रसाद जी आंगन में खिले हरसिंगार के पौधे को निहार रहे हैं। पेड़ उनसे भी बड़ा हो गया है। छः फुट का। सामने सफेद फूल खिले मुस्कुरा रहे हैं।

प्रसाद जी की आँखें चश्मे के भीतर से मुस्कुरा रहे फूलों को झांक रही थी। आँसुओं को कंठ में रोककर प्रसाद जी बोले – "देखो, केदारनाथ में तुमने कहा था ना कि बच्चे आयेंगे। ...आ गए।"

जवाब में दो फूल प्रसाद जी के कदमों में गिर गए।

"पापा?" बहू की आवाज़ उनके कानों से टकराई।

उन्होंने कोई जवाब नहीं दिया।

खड़े रहे चुपचाप।

तब तक बहू उनके थोड़ा और पास आ गई। प्रसाद जी ने चश्मे को उतारकर शर्ट से साफ़ किया और फिर पहन लिया।

बहू ने पेड़ की तरफ़ देखते हुए शुष्क शब्दों में कहा – "कभी – कभी आँसू पी लेने की अपेक्षा आँसू गिरा देना अच्छा होता है पापा।"

प्रसाद जी मुड़े।

बहू बोल रही थी – **"एक प्रेम किसी की कब तक प्रतीक्षा कर सकता है? ...और जब प्रेम के आने की कोई उम्मीद, कोई राह न हो तब? प्रतीक्षा अनंत काल तक की हो जाये तब?**

प्रतीक्षा नहीं तो प्रेम कैसा? प्रेम नहीं तो मर्म कैसा? मर्म नहीं तो वेदना कैसी? वेदना नहीं तो विरह कैसा? विरह नहीं तो फिर प्रतीक्षा कैसी पापा?"

प्रसाद जी मुस्कुरा कर रह गए।

"घर चलिए, पापा। कब तक ऐसे रहियेगा?" बहू ने कहा।

तभी प्रसाद जी की सात साल की पोती सफ़ेद फ्रॉक पहने अपने दादा जी को खोजते हुए पहुँची।

प्रसाद जी से लिपटते हुए पूछी – "दद्द, क्या कर रहे हैं?"

प्रसाद जी उसे गोद में उठाते हुए – "कुछ नहीं।"

"अच्छा! ये क्या है", जिज्ञासु पोती ने पूछा?

"शिउली।" प्रसाद जी के मुख से अनायास निकल पड़ा।

"बहुत प्यार करते हैं आप इससे?" पोती का अगला सवाल था।

प्रसाद जी दोनों होंठों को दबाकर आँसू रोकते हुए हाँ में सर हिलाया। छाती में बसा मोम से बना नन्हा सा मांस का टुकड़ा विगलित हो रहा था।

तभी रसोईघर से छोटी बहू ने आवाज लगाई – "पापा, खाना तैयार है, आ जाइए।"

प्रसाद जी के साथ बड़ी बहू और उसका हाथ पकड़े उसकी बेटी घर के भीतर जाने लगे।

प्रसाद जी ने पीछे मुड़कर देखा – शिउली झूम रही थी। मुस्कुराते हुए फिर से दो फूल गिरा दी।

"प्रतीक्षा तो यूँ भी करुण होती है, लेकिन जब वह किसी ऐसे के लिए की जाती है, जिसका लौटना असंभव है, तब वह करुणतम हो उठती है।" – अज्ञात

* * * * *

www.ingramcontent.com/pod-product-compliance
Lightning Source LLC
LaVergne TN
LVHW091046150826
845673LV00002B/475